U0747687

又是一年芳草绿

老舍散文精选

老舍 著

中国纺织出版社有限公司

图书在版编目（CIP）数据

又是一年芳草绿 / 老舍著 . -- 北京：中国纺织出版社有限公司，2021.1（2022.3重印）
（青少年短经典阅读）
ISBN 978-7-5180-8189-9

Ⅰ . ①又⋯　Ⅱ . ①老⋯　Ⅲ . ①散文集－中国－现代
Ⅳ . ① I266

中国版本图书馆 CIP 数据核字（2020）第 220396 号

责任编辑：李凤琴　　责任校对：高　涵　　责任印制：储志伟

中国纺织出版社有限公司出版发行

地址：北京市朝阳区百子湾东里 A407 号楼　邮政编码：100124

销售电话：010—67004422　传真：010—87155801

http://www.c-textilep.com

官方微博 http://weibo.com/211988771

三河市延风印装有限公司印刷　　各地新华书店经销

2021 年 1 月第 1 版　　2022 年 3 月第 2 次印刷

开本：880×1230　1/32　印张：6.5

字数：150 千字　定价：39.80 元

生活是种律动，须有光有影，有左有右，有晴有雨；滋味就含在这变而不猛的曲折里

目　录
CONTENTS

第一辑　处处是故园

济南的秋天　　　　　　　002

济南的冬天　　　　　　　005

趵突泉的欣赏　　　　　　008

春风　　　　　　　　　　010

想北平　　　　　　　　　012

五月的青岛　　　　　　　015

大明湖之春　　　　　　　018

到了济南　　　　　　　　021

青岛与我　　　　　　　　029

可爱的成都　　　　　　　033

第二辑　又是一年芳草绿

又是一年芳草绿　　　　　038

忙　　　　　　　　　　　042

诗人　　　　　　　　　　045

小病　　　　　　　　　　048

避暑　　　　　　　　　　051

读书　　　　　　　　　　054

养花　　　　　　　　　　058

落花生　　　　　　　　　060

西红柿　　　　　　　　　063

在乡下　　　　　　　　　065

猫　　　　　　　　　　　067

小动物们　　　　　　　　070

夏之一周间　　　　　　　076

北京的春节　　　　　　　079

济南的药集　　　　　　　084

有了小孩以后　　　　　　087

第三辑　物是人非

我的母亲　　　　　　　　094

代语堂先生拟赴美宣传大纲　100

鲁迅先生逝世二周年纪念　104

敬悼许地山先生　　　　　110

宗月大师　　　　　　　　117

自述　　　　　　　　　　121

抬头见喜　　　　　　　　127

第四辑　神的游戏

话剧观众须知廿则　　　132

新年醉话　　　134

观画记　　　137

我的理想家庭　　　141

大发议论　　　144

神的游戏　　　150

当幽默变成油抹　　　153

婆婆话　　　158

不旅行记　　　164

鬼与狐　　　167

梦想的文艺　　　171

谈幽默　　　173

"幽默"的危险　　　180

我的"话"　　　184

"住"的梦　　　189

怎样读小说　　　192

文牛　　　196

第一辑　处处是故园

秋山秋水虚幻地吻着。
山儿不动，水儿微响。
那中古的老城，
带着这片秋色秋声，
是济南，是诗。

济南的秋天

济南的秋天是诗境的。设若你的幻想中有个中古的老城，有睡着了的大城楼，有狭窄的古石路，有宽厚的石城墙，环城流着一道清溪，倒映着山影，岸上蹲着红袍绿裤的小妞儿。你的幻想中要是这么个境界，那便是济南。设若你幻想不出——许多人是不会幻想的——请到济南来看看吧。

请你在秋天来。那城，那河，那古路，那山影，是终年给你预备着的。可是，加上济南的秋色，济南由古朴的画境转入静美的诗境中了。这个诗意的秋光秋色是济南独有的。上帝把夏天的艺术赐给瑞士，把春天的赐给西湖，秋和冬的全赐给了济南。秋和冬是不好分开的，秋睡熟了一点便是冬，上帝不愿意把它忽然唤醒，所以做个整人情，连秋带冬全给了济南。

诗的境界中必须有山有水。那么，请看济南吧。那颜色不同，方向不同，高矮不同的山，在秋色中便越发的不同了。以颜色说吧，山腰中的松树是青黑的，加上秋阳的斜射，那片青黑便多出些比灰色深、比黑色浅的颜色，把旁边的黄草盖成一层灰中透黄的阴影。山脚是镶着各色条子的，一层层的，有的黄，有的灰，有的绿，有的似乎是藕荷色儿。山顶上的色儿也随着太阳的转移而不同。山顶的颜色不同还不重要，山腰中的颜色不同才真叫人想作几句诗。山腰中的颜色是永远在那儿变动，特别是在秋天，那阳光能够忽然清凉一会儿，忽然又温暖一会儿，这个变动并不激烈，可是山上的颜色觉得出这个变化，而立刻随着变换。忽然黄色更真了一些，忽然又暗了一些，忽然像有层看不见的薄雾在那儿流动，忽然像有股细风替"自然"调和着彩色，轻轻地抹上一层各色俱全而全是淡美的色道儿。有这样的山，再配上那蓝的天，晴暖的阳光；蓝得像要由蓝变绿了，可又没完全绿了；晴暖得要发燥了，可是有点凉风，正和诗一样的温柔；这便是济南的秋。况且因为颜色的不同，那山的高低也更显然了。高的更高了些，低的更低了些，山的棱角曲线在晴空中更真了，更分明了，更瘦硬了。看山顶上那个塔！

再看水。以量说，以质说，以形式说，哪儿的水能比济南？有泉——到处是泉——有河，有湖，这是由形式上分。不管是泉是河是湖，全是那么清，全是那么甜，哎呀，济南是"自然"的Sweet heart吧？大明湖夏日的莲花，城河的绿柳，自然是美好的了。可是看水，是要看秋水的。济南有秋山，又有秋水，这个秋才算个秋，因为秋神是在济南住家的。先不用说别的，只说水中的绿藻吧。那份儿绿色，除了上帝心中的绿色，恐怕没别的东西能比拟的。这种鲜绿全借着水的清澄显露出来，好像美人借着镜子鉴赏自己的美。是的，这些绿藻是自己享受那水的甜美呢，不是为谁看的。它们知道它们那点绿的心事，它们终年在那儿吻着水皮，做着绿色的香梦。淘气的鸭子，用黄金的脚掌碰它们一两下。浣女的影儿，吻它们的绿叶一两下。只有这个，是它们的香甜的烦恼。羡慕死诗人呀！

在秋天，水和蓝天一样的清凉。天上微微有些白云，水上微微有些波皱。天水之间，全是清明，温暖的空气，带着一点桂花的香味。山影儿也更真了。秋山秋水虚幻地吻着。山儿不动，水儿微响。那中古的老城，带着这片秋色秋声，是济南，是诗。要知济南的冬日如何，且听下回分解。

济南的冬天

上次说了济南的秋天，这回该说冬天。

对于一个在北平住惯的人，像我，冬天要是不刮大风，便是奇迹；济南的冬天是没有风声的。对于一个刚由伦敦回来的，像我，冬天要能看得见日光，便是怪事；济南的冬天是响晴的。自然，在热带的地方，日光是永远那么毒，响亮的天气反有点叫人害怕。可是，在北中国的冬天，而能有温晴的天气，济南真得算个宝地。

设若单单是有阳光，那也算不了出奇。请闭上眼想：一个老城，有山有水，全在蓝天下很暖和安适地睡着；只等春风来把它们唤醒，这是不是个理想的境界？

小山整把济南围了个圈儿，只有北边缺着点口儿，这一圈小山在冬天特别可爱，好像是把济南放在一个小摇篮里，它们全安静不动地低声地说：你们放心吧，这儿准保暖和。真的，济南的人们在冬天是面上含笑的。他们一看那些小山，心中便觉得有了着落，有了依靠。他们由天上看到山上，便不觉地想起：明天也许就是春天了吧？这样的温暖，今天夜里山草也许就绿起来吧？就是这点幻想不能一时实现，他们也并不着急，因为有这样慈善的冬天，干啥还希望别的呢。

最妙的是下点小雪呀。看吧，山上的矮松越发地青黑，树尖上顶着一髻儿白花，像些小日本看护妇。山尖全白了，给蓝天镶上一道银边。山坡上有的地方雪厚点，有的地方草色还露着，这样，一道儿白，一道儿暗黄，给山们穿上一件带水纹的花衣；看着看着，这件花衣好像被风儿吹动，叫你希望看见一点更美的山的肌肤。等到快日落的时候，微黄的阳光斜射在山腰上，那点薄雪好像忽然害了羞，微微露出点粉色。就是下小雪吧，济南是受不住大雪的，那些小山太秀气。

古老的济南，城内那么狭窄，城外又那么宽敞，山坡上卧着些小村庄，小村庄的房顶上卧着点雪，对，这是张小水墨画，或者是唐代的名手画的吧。

那水呢，不但不结冰，反倒在绿藻上冒着点热气。水藻真绿，把终年贮蓄的绿色全拿出来了。天儿越晴，水藻越绿，就凭这些绿的精神，水也不忍得冻上；况且那长枝的垂柳还要在水里照个影儿呢。看吧，由澄清的河水慢慢往上看吧，空中，半空中，天上，自上而下全是那么清亮，那么蓝汪汪的，整个的是块空灵的蓝水晶。这块水晶里，包着红屋顶，黄草山，像地毯上的小团花的小灰色树影；这就是冬天的济南。

树虽然没有叶儿，鸟儿可并不偷懒，看在日光下张着翅叫的百灵们。山东人是百灵鸟的崇拜者，济南是百灵的国。家家处处听得到它们的歌唱；自然，小黄鸟儿也不少，而且在百灵国内也很努力地唱。还有山喜鹊呢，成群地在树上啼，扯着浅蓝的尾巴飞。树上虽没有叶，有这些羽翎装饰着，也倒有点像西洋美女。坐在河岸上，看着它们在空中飞，听着溪水活活地流，要睡了，这是有催眠力的；不信你就试试；睡吧，决冻不着你。

要知后事如何，我自己也不知道。

趵突泉的欣赏

千佛山、大明湖和趵突泉，是济南的三大名胜。现在单讲趵突泉。

在西门外的桥上，便看见一溪活水，清浅，鲜洁，由南向北地流着。这就是由趵突泉流出来的。设若没有这泉，济南定会丢失了一半的美。但是泉的所在地并不是我们理想中的一个美景。这又是个中国人的征服自然的办法，那就是说，凡是自然的恩赐交到中国人手里就会把它弄得丑陋不堪。这块地方已经成了个市场。南门外是一片喊声，几阵臭气，从卖大碗面条与肉包子的棚子里出来。

进了门有个小院，差不多是四方的。这里，"一毛钱四块！"和"两毛钱一双！"的喊声，与外面的"吃来"连成一片。一座假山，奇丑；穿过山洞，接连不断的棚子与地摊，东洋布，东洋磁，东洋玩具，东洋……加劲地表示着中国人怎样热烈地"不"抵制劣货。这里很不易走过去，乡下人一群跟着一群地来提倡日货，把路塞住。他们没有例外地全张着嘴，葱味四射。没有例外地全买一件东西还三次价，走开又回来摸索四五次。小脚妇女更了不得，你往左躲，她往左扭；你往右躲，她往右扭，反正不许你痛快地过去。

到了泉池，北岸上一座神殿，南西东三面全是唱鼓书的茶棚，唱的多半是梨花大鼓，一声"哟"要拉长几分钟，猛听颇像产科医院的病室。除了茶棚还是日货摊子——说点别的吧！

泉太好了。泉池差不多见方，三个泉口偏西，北边便是条小溪流向西门去。看那三个大泉，一年四季，昼夜不停，老那么翻滚。你立定呆呆地看三分钟，你便觉出自然的伟大，使你不敢再正眼去看。永远那么纯洁，永远那么活泼，永远那么鲜明，冒，冒，冒，永不疲乏，永不退缩，只是自然有这样的力量！冬天更好，泉上起了一片热气，白而轻软，在深绿的长草藻上飘荡着，使你不由得想起一种似乎神秘的境界。

池边还有小泉呢：有的像大鱼吐水，极轻快地上来一串水泡；有的像一串明珠，走到中途又歪下去，真像一串珍珠在水里斜放着；有的半天才上来一个水泡，大，扁一点，慢慢的，有姿态的，摇动上来；碎了；看，又来了一个！有的好几串小碎珠一齐挤上来，像一朵攒整齐的珠花，雪白。有的……这比那大泉还更有味。

新近为增加河水的水量，又下了六根铁管，做成六个泉眼，水流得也很旺，但是我还是爱那原来的三个。

看完了泉，再往北走，经过一些货摊，便出了北门。

前年冬天一把大火把泉池南边的棚子都烧了。有机会改造了！造成一个公园，各处安着喷水管！东边做个游泳池！有许多人这样的盼望。可是，席棚又搭好了，渐次改成了木板棚；乡下人只知道趵突泉，把摊子移到"商场"去（就离趵突泉几步）买卖就受损失了；于是"商场"四大皆空，还叫趵突泉做日货销售场；也许有道理。

春风

  济南与青岛是多么不相同的地方呢！一个设若比作穿肥袖马褂的老先生，那一个便应当是摩登的少女。可是这两处不无相似之点。拿气候说吧，济南的夏天可以热死人，而青岛是有名的避暑所在；冬天，济南也比青岛冷。但是，两地的春秋颇有点相同。济南到春天多风，青岛也是这样；济南的秋天是长而晴美，青岛亦然。

  对于秋天，我不知应爱哪里的：济南的秋是在山上，青岛的是海边。济南是抱在小山里的；到了秋天，小山上的草色在黄绿之间，松是绿的，别的树叶差不多都是红与黄的。就是那没树木的山上，也增多了颜色——日影、草色、石层，三者能配合出种种的条纹，种种的影色。配上那光暖的蓝空，我觉到一种舒适安全，只想在山坡上似睡非睡地躺着，躺到永远。青岛的山——虽然怪秀美——不能与海相抗，秋海的波还是春样的绿，可是被清凉的蓝空给开拓出老远，平日看不见的小岛清楚地点在帆外。这远到天边的绿水使我不愿思想而不得不思想；一种无目的的思虑，要思虑而心中反倒空虚了些。济南的秋给我安全之感，青岛的秋引起我甜美的悲哀。我不知应当爱哪个。

两地的春可都被风给吹毁了。所谓春风，似乎应当温柔，轻吻着柳枝，微微吹皱了水面，偷偷地传送花香，同情地轻轻掀起禽鸟的羽毛。济南与青岛的春风都太粗猛。济南的风每每在丁香海棠开花的时候把天刮黄，什么也看不见，连花都埋在黄暗中，青岛的风少一些沙土，可是狡猾，在已很暖的时节忽然来一阵或一天的冷风，把一切都送回冬天去，棉衣不敢脱，花儿不敢开，海边翻着愁浪。

两地的风都有时候整天整夜地刮。春夜的微风送来雁叫，使人似乎多些希望。整夜的大风，门响窗户动，使人不英雄地把头埋在被子里；即使无害，也似乎不应该如此。对于我，特别觉得难堪。我生在北方，听惯了风，可也最怕风。听是听惯了，因为听惯才知道那个难受劲儿。它老使我坐卧不安，心中游游摸摸的，干什么不好，不干什么也不好。它常常打断我的希望：听见风响，我懒得出门，觉得寒冷，心中渺茫。春天仿佛应当有生气，应当有花草，这样的野风几乎是不可原谅的！我倒不是个弱不禁风的人，虽然身体不很足壮。我能受苦，只是受不住风。别种的苦处，多少是在一个地方，多少有个原因，多少可以设法减除；对风是干没办法。总不在一个地方，到处随时使我的脑子晃动，像怒海上的船。它使我说不出为什么苦痛，而且没法子避免。它自由地刮，我死受着苦。我不能和风去讲理或吵架。单单在春天刮这样的风！可是跟谁讲理去呢？苏杭的春天应当没有这不得人心的风吧？我不准知道，而希望如此。好有个地方去"避风"呀！

想北平

设若让我写一本小说，以北平作背景，我不至于害怕，因为我可以拣着我知道的写，而躲开我所不知道的。让我单摆浮搁地讲一套北平，我没办法。北平的地方那么大，事情那么多，我知道的真觉太少了，虽然我生在那里，一直到廿七岁才离开。以名胜说，我没到过陶然亭，这多可笑！以此类推，我所知道的那点只是"我的北平"，而我的北平大概等于牛的一毛。

可是，我真爱北平。这个爱几乎是要说而说不出的。我爱我的母亲。怎样爱？我说不出。在我想做一件讨她老人家喜欢的时候，我独自微微地笑着；在我想到她的健康而不放心的时候，我欲落泪。言语是不够表现我的心情的，只有独自微笑或落泪才足以把内心揭露在外面一些来。我之爱北平也近乎这个。夸奖这个古城的某一点是容易的，可是这就把北平看得太小了。我所爱的北平不是枝枝节节的一些什么，而是整个儿与我的心灵相黏合的一段历史，一大块地方，多少风景名胜，从雨后什刹海的蜻蜓一直到我梦里的玉泉山的塔影，都积凑到一块，每一小的事件中有个我，我的每一思念中有个北平，这只有说不出而已。

真愿成为诗人，把一切好听好看的字都浸在自己的心血里，像杜鹃似的啼出北平的俊伟。啊！我不是诗人！我将永远道不出我的爱，一种像由音乐与图画所引起的爱。这不但是辜负了北平，也对不住我自己，因为我的最初的知识与印象都得自北平，它是在我的血里，我的性格与脾气里有许多地方是这古城所赐给的。我不能爱上海与天津，因为我心中有个北平。可是我说不出来！

伦敦、巴黎、罗马与堪司坦丁堡❶，曾被称为欧洲的四大"历史的都城"。我知道一些伦敦的情形；巴黎与罗马只是到过而已；堪司坦丁堡根本没有去过。就伦敦、巴黎、罗马来说，巴黎更近似北平——虽然"近似"两字要拉扯得很远——不过，假使让我"家住巴黎"，我一定会和没有家一样地感到寂苦。巴黎，据我看，还太热闹。自然，那里也有空旷静寂的地方，可是又未免太旷；不像北平那样既复杂而又有个边际，使我能摸着——那长着红酸枣的老城墙！面向着积水潭，背后是城墙，坐在石上看水中的小蝌蚪或苇叶上的嫩蜻蜓，我可以快乐地坐一天，心中完全安适，无所求也无可怕，像小儿安睡在摇篮里。是的，北平也有热闹的地方，但是它和太极拳相似，动中有静。巴黎有许多地方使人疲乏，所以咖啡与酒是必要的，以便刺激；在北平，有温和的香片茶就够了。

论说巴黎的布置已比伦敦、罗马匀调得多了，可是比上北平还差点事儿。北平在人为之中显出自然，几乎是什么地方既不挤得慌，又

---

❶　今译"君士坦丁堡"。

不太僻静：最小的胡同里的房子也有院子与树；最空旷的地方也离买卖街与住宅区不远。这种分配法可以算——在我的经验中——天下第一了。北平的好处不在处处设备得完全，而在它处处有空儿，可以使人自由地喘气；不在有好些美丽的建筑，而在建筑的四围都有空闲的地方，使它们成为美景。每一个城楼，每一个牌楼，都可以从老远就看见。况且在街上还可以看见北山与西山呢！

好学的，爱古物的，人们自然喜欢北平，因为这里书多古物多。我不好学，也没钱买古物。对于物质上，我却喜爱北平的花多菜多果子多。花草是费钱的玩意，可是此地的"草花儿"很便宜，而且家家有院子，可以花不多的钱而种一院子花，即使算不了什么，可是到底可爱呀。墙上的牵牛，墙根的靠山竹与草茉莉，是多么省钱省事而也足以招来蝴蝶呀！至于青菜、白菜、扁豆、毛豆角、黄瓜、菠菜等等，大多数是直接由城外担来而送到家门口的。雨后，韭菜叶上还往往带着雨时溅起的泥点。青菜摊子上的红红绿绿几乎有诗似的美丽。果子有不少是由西山与北山来的，西山的沙果、海棠，北山的黑枣、柿子，进了城还带着一层白霜儿呀！哼，美国的橘子包着纸；遇到北平的带霜儿的玉李，还不愧杀！

是的，北平是个都城，而能有好多自己产生的花、菜、水果，这就使人更接近了自然。从它里面说，它没有像伦敦的那些成天冒烟的工厂；从外面说，它紧连着园林、菜圃与农村。采菊东篱下，在这里，确是可以悠然见南山的；大概把"南"字变个"西"或"北"，也没有多少了不得的吧。像我这样的一个贫寒的人，或者只有在北平能享受一点清福了。

好，不再说了吧；要落泪了，真想念北平呀！

五月的青岛

　　因为青岛的节气晚，所以樱花照例是在四月下旬才能盛开。樱花一开，青岛的风雾也挡不住草木的生长了。海棠、丁香、桃、梨、苹果、藤萝、杜鹃，都争着开放，墙角路边也都有了嫩绿的叶儿。五月的岛上，到处花香，一清早便听见卖花声。公园里自然无须说了，小蝴蝶花与桂竹香们都在绿草地上用它们的娇艳的颜色结成十字，或绣成几团；那短短的绿树篱上也开着一层白花，似绿枝上挂了一层春雪。就是路上两旁的人家也少不得有些花草：围墙既矮，藤萝往往顺着墙把花穗儿悬在院外，散出一街的香气；那双樱、丁香，都能在墙外看到，双樱的明艳与丁香的素丽，真是足以使人眼明神爽。

　　山上有了绿色，嫩绿，所以把松柏们比得发黑了一些。谷中不但填满了绿色，而且颇有些野花，有一种似紫荆而色儿略略发蓝的，折来很好插瓶。

　　青岛的人怎能忘下海呢。不过，说也奇怪，五月的海就仿佛特别的绿，特别的可爱，也许是因为人们心里痛快吧？看一眼路旁的绿叶，再看一眼海，真的，这才明白了什么叫作"春深似海"。绿，鲜绿，浅绿，深绿，黄绿，灰绿，各种的绿色，连接着，交错着，变化着，波动着，一直绿到天边，绿到山脚，绿到渔帆的外边去。风不凉，浪不高，船缓缓地走，燕低低地飞，街上的花香与海上的咸味混到一处，浪漾在空中，水在面前，而绿意无限，可不是，春深似海！欢喜，要狂歌，要跳入水中去，可是只能默默无言，心好像飞到天边上那将将能看到的小岛上去，一闭眼仿佛还看见一些桃花。人面桃花相映红，必定是在那小岛上。

这时候，遇上风与雾便还须穿上棉衣，可是有一天忽然响晴，夹衣就正合适。但无论怎说吧，人们反正都放了心——不会大冷了，不会。妇女们最先知道这个，早早地就穿出利落的新装，而且决定不再脱下去。海岸上，微风吹动少女们的发与衣，何必再去到电影、园中找那有画意的景儿呢！这里是初春浅夏的合响，风里带着春寒，而花草山水又似初夏，意在春而景如夏，姑娘们总先走一步，迎上前去，跟花们竞争一下，女性的伟大几乎不是颓废诗人所能明白的。

人似乎随着花草都复活了，学生们特别的忙：换制服，开运动会，到崂山、丹山旅行，服劳役。本地的学生忙，别处的学生也来参观，几个，几十，几百，打着旗子来了，又成着队走开，男的，女的，先生，学生，都累得满头是汗，而仍不住地向那大海丢眼。学生以外，该数小孩最快活，笨重的衣服脱去，可以到公园跑跑了；一冬天不见猴子了，现在又带着花生去喂猴子、看鹿、拾花瓣、在草地上打滚；妈妈说了，过几天还有大红樱桃吃呢！

马车都新油饰过，马虽依然清瘦，而车辆体面了许多，好做一夏天的买卖呀。新油过的马车穿过街心，那专做夏天的生意的咖啡馆、酒馆、旅社、饮冰室，也找来油漆匠，扫去灰尘，油饰一新。油漆匠在脚手架上忙，路旁也增多了由各处来的舞女。预备呀，忙碌呀，都红着眼等着那避暑的外国战舰与各处的阔人。多咱浴场上有了人影与小艇，生意便比花草还茂盛呀。到那时候，青岛几乎不属于青岛的人了，谁的钱多谁更威风，汽车的眼是不会看山水的。

那么，且让我们自己尽量地欣赏五月的青岛吧！

大明湖之春

　　北方的春本来就不长，还往往被狂风给七手八脚地刮了走。济南的桃李丁香与海棠什么的，差不多年年被黄风吹得一干二净，地暗天昏，落花与黄沙卷在一处，再睁眼时，春已过去了！记得有一回，正是丁香乍开的时候，也就是下午两三点钟吧，屋中就非点灯不可了；风是一阵比一阵大，天色由灰而黄，而深黄，而黑黄，而漆黑，黑得可怕。第二天去看院中的两株紫丁香，花已像煮过一回，嫩叶几乎全破了！济南的秋冬，风倒很少，大概都留在春天刮呢。

　　有这样的风在这儿等着，济南简直可以说没有春天；那么，大明湖之春更无从说起。

　　济南的三大名胜，名字都起得好：千佛山、趵突泉、大明湖，都多么响亮好听！一听到"大明湖"这三个字，便联想到春光明媚和湖光山色等等，而心中浮现出一幅美景来。事实上，可是，它既不大，又不明，也不湖。

　　湖中现在已不是一片清水，而是用坝划开的多少块"地"。"地"

外留着几条沟，游艇沿沟而走，即是逛湖。水田不需要多么深的水，所以水黑而不清；也不要急流，所以水定而无波。东一块莲，西一块蒲，土坝挡住了水，蒲苇又遮住了莲，一望无景，只见高高低低的"庄稼"。艇行沟内，如穿高粱地然，热气腾腾，碰巧了还臭气烘烘。夏天总算还好，假若水不太臭，多少总能闻到一些荷香，而且必能看到些绿叶儿。春天，则下有黑汤，旁有破烂的土坝；风又那么野，绿柳新蒲东倒西歪，恰似挣命。所以，它既不大，又不明，也不湖。

话虽如此，这个湖到底得算个名胜。湖之不大与不明，都因为湖已不湖。假若能把"地"都收回，拆开土坝，挖深了湖身，它当然可以马上既大且明起来：湖面原本不小，而济南又有的是清凉的泉水呀。这个，也许一时做不到。不过，即使做不到这一步，就现状而言，它还应当算作名胜。北方的城市，要找有这么一片水的，真是好不容易了。千佛山满可以不算数儿，配做个名胜与否简直没多大关系。因为山在北方不是什么难找的东西呀。水，可太难找了。济南城内据说有七十二泉，城外有河，可是还非有个湖不可。泉、池、河、湖，四者俱备，这才显出济南的特色与可贵。它是北方唯一的"水城"，这个湖是少不得的。设若我们游湖时，只见沟而不见湖，请到高处去看看吧，比如在千佛山上往北眺望，则见城北灰绿的一片——大明湖；城外，华鹊二山夹着弯弯的一道灰亮光儿——黄河。这才明白了济南的不凡，不但有水，而且是这样多呀。

况且，湖景若无可观，湖中的出产可是很名贵呀。懂得什么叫作美的人或者不如懂得什么好吃的人多吧，游过苏州的往往只记得此地的点心，逛过西湖的提起来便念叨那里的龙井茶，藕粉与莼菜什么的，吃到肚子里的也许比一过眼的美景更容易记住，那么大明湖的蒲菜、茭白、白花藕，还真许是它驰名天下的重要原因呢。不论怎么说吧，这些东西既都是水产，多少总带着些南国风味；在夏天，青菜挑子上带着一束束的大白莲花菁葵出卖，在北方大概只有济南能这么"阔气"。

我写过一本小说——《大明湖》——在"一·二八"与商务印书馆一同被火烧掉了。记得我描写过一段大明湖的秋景，词句全想不起来了，只记得是什么什么秋。桑子中先生给我画过一张油画，也画的是大明湖之秋，现在还在我的屋中挂着。我写的，他画的，都是大明湖，而且都是大明湖之秋，这里大概有点意思。对了，只是在秋天，大明湖才有些美呀。济南的四季，唯有秋天最好，晴暖无风，处处明朗。这时候，请到城墙上走走，俯视秋湖，败柳残荷，水平如镜；唯其是秋色，所以连那些残破的土坝也似乎正与一切景物配合：土坝上偶尔有一两截断藕，或一些黄叶的野蔓，配着三五枝芦花，确是有些画意。"庄稼"已都收了，湖显着大了许多，大了当然也就显着明。不仅是湖宽水净，显着明美，抬头向南看，半黄的千佛山就在面前，开元寺那边的"橛子"——大概是个塔吧——静静地立在山头上。往北看，城外的河水很清，菜畦中还生着短短的绿叶。往南往北，往东往西，看吧，处处空阔明朗，有山有湖，有城有河，到这时候，我们真得到个"明"字了。

桑先生那张画便是在北城墙上画的，湖边只有几株秋柳，湖中只有一只游艇，水作灰蓝色，柳叶儿半黄。湖外，他画上了千佛山；湖光山色，连成一幅秋图，明朗，素净，柳梢上似乎吹着点不大能觉出来的微风。

对不起，题目是大明湖之春，我却说了大明湖之秋，可谁叫亢德先生出错了题呢！

到了济南

一

到济南来，这是头一遭。挤出车站，汗流如浆，把一点小伤风也治好了，或者说挤跑了；没秩序的社会能治伤风，可见事儿没绝对的好坏；那么，"相对论"大概就是这么琢磨出来的吧？

挑选一辆马车。"挑选"在这儿是必要的。马车确是不少辆，可是稍有聪明的人便会由观察而疑惑，到底那里有多少匹马是应当雇八个脚夫抬回家去？有多少匹可以勉强负拉人的责任？自然，刚下火车，决无意去替人家抬马，虽然这是善举之一；那么，找能拉车与人的马自是急需。然而这绝对不是容易的事儿，因为：第一，那仅有的几匹颇带"马"的精神的马，已早被眼疾手快的主顾雇了去。第二，那些"略"带"马气"的马，本来可以将就，哪怕是只请它拉着行李——天下还有比"行李"这个字再不顺耳、不得人心、惹人头皮疼的？而我和赶车的在辕子两边担任扶持、指导、劝告、鼓励、（如还不走）拳打脚踢之责呢。这凭良心说，大概不能不算善于应付环境，具有东方文化的妙处吧？可是，"马"的问题刚要解决，"车"的问题早又来到：即使马能走三里五里，坚持到底不摔跟头；或者不幸跌了一跤，而能爬起来再接再厉；那车，那车，那车，是否能装着行李而车底儿不哗啦啦掉下去呢？又一个问题，确乎成问题！假使走到中途，车底哗啦啦，还是我扛着行李（赶车的当然不负这个责任），在马旁同行呢？还是叫马背着行李，我再背着马呢？自然是，三人行必有我师，陪着御者与马走上一程，也是有趣的事；可是，花了钱雇车，而自扛行李，单为证明"三人行必有我师"，是否有点发疯？至于马背行李，我再负马，事属非常，颇有古代故事中巨人的风度，是！可有一层，我要是被压而死，那马是否能把行李送到学校去？我不算什么，行李是不能随便掉失的！不为行李，起初又何必雇车呢？小资产阶级的逻辑，不错；但到底是逻辑呀！第三，别看马与车各有问题，马与车合起来而成的"马车"是整个的问题，敢情还有惊人的问题呢——车价。一开首我便得罪了一位赶车的，我正在向那些马国之鬼，和那堆车之骨骼发呆之际，我的行李突然被一位御者抢去了。我并没生气，反倒感谢他的热心张罗。当他把行李往车上一放的时候，一点不冤人，我确乎听见哗啦一声响，确乎看见连车带马向左右摇动者三次，向前后进退者三次。"行啊？"我低声地问御者。"行？"他十足地瞪了我一眼，"行？从济南走到德国去都行！"我不好意思再怀疑他，只好以他的话作我的信仰；心里想："有信仰便什么也不怕！"为平他的气，赶快问："到——大学，多少钱？"他说了一个数儿。我心平气和地说："我并不是要买贵马与尊车。"心里还想："假如弄这么一份财产，将来不幸死了，遗嘱上给谁承受呢？"正在这么想，也不知怎的，我的行李好像被魔鬼附体，全由车中飞出来了。再一看，那怒气冲天的御者一扬鞭，那瘦病之马一掀后蹄，便轧着我的皮箱跑过去。皮箱一点也没坏，只是上边落着一小块车轮上的胶皮；为避免麻烦，我也没敢叫回御者告诉他，万一他叫"我"赔偿呢！同时，心中颇不自在，怨自己"以貌取马"，哪知人家居然能掀起后蹄而跑数步之遥呢。

幸而××来了，带来一辆马车。这辆车和车站上的那些差不多。马是白色的，虽然事实上并不见得真白，可是用"白马之白"的抽象观念想起来，到底不是黑的、黄的，更不能说一定准是灰色的。马的身上不见得肥，因此也很老实。缰、鞍、肚带，处处有麻绳帮忙维系，更显出马之稳练驯良。车是黑色的，配起白马，本应黑白分明，相得益彰；可是不知济南的太阳光为何这等特别，叫黑白的相配，更显得暗淡灰丧。

行李，××和我，全上了车。赶车的把鞭儿一扬，吆喝了一声，车没有动。我心里说："马大概是睡着了。马是人们最好的朋友，多少带点哲学性，睡一会儿是常有的事。"赶车的又喊了一声，车微动。只动了一动，就又停住；而那匹马确是走出好几步远。赶车的不喊了，反把马拉回来。他好像老太婆缝补袜子似的，在马的周身上下细腻而安稳地找那些麻绳的接头，慢慢地一个一个地接好，大概有三十多分钟吧，马与车又发生关系。又是一声喊，这回马是毫无可疑地拉着车走了。倒叫我怀疑：马能拉着车走，是否一个奇迹呢？

一路之上，总算顺当。左轮的皮带掉了两次，随掉随安上，少费些时间，无关重要。马打了三个前失，把我的鼻子碰在车窗上一次，好在没受伤。跟××顶了两回牛儿，因为我们俩是对面坐着的，可是顶牛儿更显着亲热；设若没有这个机会，两个三四十的老小伙子，又焉肯脑门顶脑门地玩耍呢。因此，到了大学的时候，我模仿着西洋少女，在瘦马脸上吻了一下，表示感谢它叫我们得以顶牛的善意。

二

上次谈到济南的马车，现在该谈洋车。

济南的洋车并没有什么特异的地方。坐在洋车上的味道可确是与众不同。要领略这个味道，顶好先检看济南的道路一番；不然，屈骂了车夫，或诬蔑济南洋车构造不良，都不足使人心服。

检看道路的时候，请注意，要先看胡同里的；西门外确有宽而平的马路一条，但不能算作国粹。假如这检查的工作是在夜里，请别忘了拿个灯笼，踏一脚黑泥事小，把脚腕拐折至少也不甚舒服。

胡同中的路，差不多是中间垫石、两旁铺土的。土，在一个中国城市里，自然是黑而细腻、晴日飞扬、阴雨和泥的，没什么奇怪。提起那些石块，只好说一言难尽吧。假如你是个地质学家，你不难想到：这些石是否古代地层变动之时，整批地由地下翻上来，直至今日，始终原封没动；不然，怎能那样不平呢？但是，你若是个考古家，当然张开大嘴哈哈笑，济南真会保存古物哇！看，看哪一块石头没有多少年的历史！社会上一切都变了，只有你们这群老石还在这儿镇压着济南的风水！

浪漫派的文人也一定喜爱这些石路，因为块块石头带着慷慨不平的气味，且满有幽默。假如第一块屈了你的脚尖，哼，刚一迈步，第二块便会咬住你的脚后跟。左脚不幸被石洼囚住，留神吧，右脚会紧跟着滑溜出多远，早有一块中间隆起，棱而腻滑地等着你呢。这样，左右前后，处处是埋伏，有变化；假如哪位浪漫派写家走过一程，要是幸而不晕过去，一定会得到不少写传奇的启示。

无论是谁，请不要穿新鞋。鞋坚固呢，脚必磨破。脚结实呢，鞋上必来个窟窿。二者必居其一。那些小脚姑娘太太们，怎能不一步一跌，真使人糊涂而惊异！

在这种路上坐汽车，咱没这经验，不能说是舒服与否。只看见过汽车中的人们，接二连三地往前蹿，颇似练习三级跳远。推小车子也没有经验，只能理想到：设若我去推一回，我敢保险，不是我——多半是我——就是小车子，一定有一个碎了的。

洋车，咱坐过。从一上车说吧。车夫拿起"把"来，也许是往前走，也许是往后退，那全凭石头叫他怎样他便得怎样。济南的车夫是没有自由意志的。石头有时一高兴，也许叫左轮活动，而把右轮抓住不放；这样，满有把坐车的翻到下面去，而叫车坐一会儿——人的希望。

坐车的姿式也请留心研究一番。你要是充正气君子，挺着脖子正着身，好啦：为维持脖子的挺立，下车以后，你不变成歪脖儿柳就算万幸。你越往直里挺，它们越左右地筛摇；济南的石路专爱打倒挺脖子，显正气的人们！反之，你要是缩着脖子，懈松着劲儿，请要留神，车子忽高忽低之际，你也许有鬼神暗佑还在车上，也许完全摇出车外，脸与道旁黑土相吻。从经验中看，最好的办法是不挺不缩，带着弹性。像百码决赛预备好，专候枪声时的态度，最为相宜。一点不松懈，一点不忽略，随高就高，随低就低，车左亦左，车右亦右，车起须如据鞍而立，车落应如鲤鱼入水。这样，虽然麻烦一些，可是实在安全，而且练习惯了，以后可以不晕船。

坐车的时间也大有研究的必要，最适宜坐车的时候是犯肠胃闭塞病之际。不用吃泄药，只须在饭前，喝点开水，去坐半小时上下的洋车，其效如神。饭后坐车是最冒险的事，接连坐过三天，设若不生胃病，也得长盲肠炎。要是胃口像林黛玉那么弱的人，以完全不坐车为是，因没有一个时间是相宜的。

末了，人们都说济南洋车的价钱太贵，动不动就是两三毛钱。但是，假如你自己去翻之种石路上拉车，给你五块大洋，你干得了干不了？

三

由前两段看来，好像我不大喜欢济南似的。不，不，有大不然者！有幽默的人爱"看"，看了，能不发笑吗？天下可有几件事、几件东西，叫你看完而不发笑的？不信，闭上一只眼，看你自己的鼻子，你不笑才怪；先不用说别的。有的人看什么也不笑，也对呀，喜悲剧的人不替古人落泪不痛快，因为他好"觉"；设身处地地那么一"觉"，世界上的事儿便少有不叫泪腺要动作动作的。噢，原来如此！

济南有许多好的事儿，随便说几种吧：葱好，这是公认的吧，不是我造谣生事。听说，犹太人少有得肺病的，因为吃鱼吃得多；山东人是不是因为多嚼大葱而不患肺病呢？这倒值得调查一下，好叫吃完葱的士女不必说话怪含羞地用手掩着嘴：假如调查结果真是山西河南广东因肺病而死的比山东多着七八十来个（一年多七八十，一万年要多若干？），而其主因确是因为口中的葱味使肺病菌倒退四十里。

在小曲儿里，时常用葱尖比美妇人的手指，这自然是春葱，决不会是山东的老葱，设若美妇人的十指都和老葱一般儿粗（您晓得山东老葱的直径是多少寸），一旦妇女革命，打倒男人，一个嘴巴子还不把男人的半个脸打飞！这决不是济南的老葱不美，不是。葱花自然没有什么美丽，葱叶也比不上蒲叶那样挺秀、竹叶那样清劲，连蒜叶也比不上，因为蒜叶至少可以假充水仙。不要花，不看叶，单看葱白儿，你便觉得葱的伟丽了。看运动家，别看他或她的脸，要先看那两条完美的腿，看葱亦然。（运动家注意。这里一点污辱的意思没有；我自己的腿比蒜苗还细，焉敢攀高比诸葱哉！）济南的葱白起码有三尺来长吧：粗呢，总比我的手腕粗着一两圈儿——有愿看我的手腕者，请纳参观费大洋二角。这还不算什么，最美是那个晶亮，含着水，细润，纯洁的白颜色。这个纯洁的白色好像只有看见过古代希腊女神的乳房者才能明白其中的奥妙，鲜、白，带着滋养生命的乳浆！这个白色叫你舍不得吃它，而拿在手中颠着、赞叹着，好像对于宇宙的伟大有所领悟。由不得把它一层层地剥开，每一层落下来，都好似油酥饼的折叠；这个油酥饼可不是"人"手烙成的。一层层上的长直纹儿，一丝不乱的，比画图用的白绢还美丽。看见这些纹儿，再看看馍馍，你非多吃半斤馍馍不可。人们常说——带着讽刺的意味——山东人吃得多，是不知葱之美者也！

反对吃葱的人们总是说：葱虽好，可是味道有不得人心之处。其实这是一面之词，假若大家都吃葱，而且时常开个"吃葱竞赛会"，第一名赠以重二十斤金杯一个，你看还敢有人反对否！

记得，在新加坡的时候，街上有卖榴莲者，味臭无比，可是土人和华人久住南洋者都嗜之若命。并且听说，英国维克陶利亚❶女皇吃过一切果品，只是没有尝过榴莲，引为憾事。济南的葱，老实地讲，实在没有奇怪味道，而且确是甜津津的。假如你不信呢，吃一棵尝尝。

注：此文原有七八段，后几段多是描写济南之美，因不甚幽默，所以删去。读者幸勿谓仆与济南来不及也。——作者

---

❶　现通译"维多利亚"。

青岛与我

这是头一次在青岛过夏。一点不吹，咱算是开了眼。可是，只能说开眼；没有别的好处。就拿海水浴说吧，咱在海边上亲眼看见了洋光眼子！可是咱自家不敢露一手儿。大概您总可以想象得到：一个比长虫——就是蛇呀——还瘦的人儿，穿上上不着天、下不着地的浴衣，脖子上套着太平圈，浑身上下骨骼分明，端立海岸之上，这是不是故意地气人？即使大家不动气，咱也不敢往水里跳呀；脖子上套着皮圈，而只在沙土上"憧憬"，泄气本无不可，可也不能泄得出奇。咱只能穿着夏布大衫，远远地瞧着；偶尔遇上个异教卫道的人，相对微笑点首，叹风化之不良；其实他也跟我一样，不敢下水。海水浴没了咱的事。

白天上海岸，晚上呢自然得上跳舞场。青岛到夏天，的确是热闹：白舞女、黄舞女、黑舞女，都光着脚，脚指甲上涂得通红晶亮，鞋只是两根绊儿和两个高底。衣服，帽子，花样之多简直说不尽。按说咱既不敢下海，晚上似乎该去跳了，出点汗，活动活动。咱又没这个造化。第一，晚上一过九点就想睡；到舞场买票睡觉，似乎大可不必。第二呢，跳倒可以敷衍着跳一气，不过人家不踩咱的脚趾，而咱只踩人家的，虽说有独到之处，到底怪难以为情。莫若早早地睡吧，不招灾，不惹祸。况且这么规规矩矩，也足引起太太的敬意，她甚至想登报颂扬我的"仁政"，可是被我拦住了，我向来是不好虚荣的。

　　既不去赶热闹，似乎就该在家中找些乐事；唱戏、打牌、安无线广播机等都是青岛时行的玩艺。以唱戏说，不但早晨在家中吊嗓子的很多，此地还有许多剧社，锣鼓俱全，角色齐备，倒怪有个意思。我应当加入剧社，我小时候还听过谭鑫培呢，当然有唱戏的资格。找了介绍人，交了会费，头一天我就露了一出《武家坡》。我觉得唱得不错，第二天早早就去了，再想露一出拿手的。等了足有两点钟吧。一个人也没来，社员们太不热心呀，我想。第三天我又去了，还是没人，这未免有点奇怪。坐了十来分钟我就出去了，在门口遇见了个小孩。"小孩，"我很和气地说，"这儿怎样老没人？"小孩原来是看守票房李六的儿子，知道不少事儿。"这两天没人来，因为呀，"小孩笑着看了我一眼，"前天有一位先生唱得像鸭子叫唤，所以他们都不来啦；前天您来了吗？"我摇了摇头，一声没出就回了家。回到家里，我一咂摸滋味，心里可真有点不得劲儿。可是继而一想呢，票友们多半是有习气的，也许我唱得本来很好，而他们"欺生"。这么一想，我就决定在家里独唱，不必再出去怄闲气。唱，我一个人可就唱开了，"文武代打"，好不过瘾！唱到第三天，房东来了，很客气地请我搬家，房东临走，向敝太太低声说了句："假若先生不唱呢，那就不必移动了，大家都是朋友！"太太自然怕搬家，先生自然怕太太，我首先声明我很讨厌唱戏。

　　我刚要去买播音机，邻居郑家已经安好，我心中不大好过。在青岛，什么事走迟了一步，风头就被别人出尽；我不必再花钱了，既然已叫郑家抢了先。再说呢，他们播放，我听得很真，何必一定打对仗呢。我决定等着听便宜的。郑家的机器真不坏，据说花了八百多块。每到早十点，他们必转弄那个玩意。最初是像火车挂钩，嘎！哗啦，哗啦！哗啦了半天，好似怕人讨厌它太单调，忽然改了腔儿，细声细气地闷闷，像老牛害病时那样呻吟。猛古丁地又改了办法，啪啪，喔——喔，越来越尖，咯喳！我以为是院中的柳树被风刮折了一棵！这是前奏曲。一切静寂，有五分钟的样子，忽然兜着我的耳根子："南京！"也就是我呀，修养差一点的，管保得惊疯！吃了一丸子定神丸，我到底要听听南京怎样了。哦，原来南京的底下是——"王小姐唱《毛毛雨》。"这个《毛毛雨》可与众不同：第一声很足壮，第二声忽然像被风刮了走，第三声又改了火车挂钩，然后紧跟着刮风、下雨、打雷、空军袭击城市、海啸；《毛毛雨》当然听不到了。闹了一大阵，兜着我的耳根子——"北平！"我堵上了耳朵。早晨如是，下午如是，夜间如是；这回该我找房东去了。我搬了家。

还就是打个小牌，大概可以不招灾惹祸，可是我没有忍力。叫我打一圈嘛，还可以；一坐下就八圈，我受不了。况且十几张牌，咱得把它们摆成五行，连这么办还有时把该留着的打出去。在我，这是消遣，慢慢地调动、考虑、点头、迟疑，原无不可；可是别人受得了吗。莫若多一事不如少一事，不必招人讨厌。

您说青岛这个地方，除了这些玩耍，还有什么可干的？干脆地说吧，我简直和青岛不发生关系，虽然是住在这里。有钱的人来青岛，好。上青岛来结婚，妙。爱玩的人来青岛，行。对于我，它是片美丽的沙漠。

对，有一件事我做还合适，而且很时行。娶个姨太太。是的，我得娶个姨太太。又体面，又好玩。对，就这么办啦。我先别和太太商量，而暗中储蓄俩钱儿。等到娶了姨太太之后，也许我便唱得比鸭子好听，打牌也有了忍力……您等我的喜信吧！

可爱的成都

到成都来，这是第四次。第一次是在四年前，住了五六天，参观全城的大概。第二次是在三年前，我随同西北慰劳团北征，路过此处，故仅留二日。第三次是慰劳归来，过此小住，留四日，见到不少的老朋友。这次——第四次——是受冯焕璋先生之约，去游灌县与青城山，由山上下来，顺便在成都玩几天。

成都是个可爱的地方。对于我，它特别的可爱，因为：

（一）我是北平人，而成都有许多与北平相似之处，稍稍使我减去些乡思。到抗战胜利后，我想，我总会再来一次，多住些时候，写一部以成都为背景的小说。在我的心中，此地方好像也都很像人似的，有个性格。我不喜上海，因为我抓不住它的性格，说不清它到底是怎么一回事。我不能与我所不明白的人交朋友，也不能描写我所不明白的地方。对成都，真的，我知道的事情太少了；但是，我相信会借它的光儿写出一点东西来。我似乎已看到了它的灵魂，因为它与北平相似。

（二）我有许多老友在成都。有朋友的地方就是好地方。这诚然是个人的偏见，可是恐怕谁也免不了这样去想吧。况且成都的本身已经是可爱的呢。八年前，我曾在齐鲁大学教过书。"七七"抗战后，我又由青岛移回济南，仍住齐大。我由济南流亡出来，我的妻小还留在齐大，住了一年多。齐大在济南的校舍现在已被敌人完全占据，我的与朋友们的一切书籍器物已被劫一空，那么，今天又能在成都会见共患难的老友，是何等的快乐呢！衣物、器具、书籍，丢失了，有什么关系！我们还有命，还能各守岗位地去忍苦抗敌，这就值得共进一杯酒了！抗战前，我在山东大学也教过书。这次，在华西坝，无意中地也遇到几位山大的老友，"惊喜欲狂"一点也不是过火的形容。一个人的生命，我以为，是一半儿活在朋友中的。假若这句话没有什么错误，我便不能不"因人及地"地喜爱成都了。啊，这里还有几十位文艺界的友人呢！与我的年纪差不多的，如郭子杰、叶圣陶、陈翔鹤诸先生，握手的时节，不知为何，不由得就彼此先看看头发——都有不少根白的了，比我年纪轻一点的呢，虽然头发不露痕迹，可是也都显着削瘦，霜鬓瘦脸本是应该引起悲愁的事，但是，为了抗战而受苦，为了气节而不肯折腰，瘦弱衰老不是很自然的结果吗？这真是悲喜俱来，另有一番滋味了！

（三）我爱成都，因为它有手有口。先说手，我不爱古玩，第一因为不懂，第二因为没有钱。我不爱洋玩意，第一因为它们洋气十足，第二因为没有美金。虽不爱古玩与洋东西，但是我喜爱现代的手造的相当美好的小东西。假若我们今天还能制造一些美好的物件，便是表示了我们民族的爱美性与创造力仍然存在，并不逊于古人。中华民族在雕刻、图画、建筑、制铜、造瓷……上都有特殊的天才。这种天才在造几张纸、制两块墨砚、打一张桌子、漆一两个小盒上都随时地表现出来。美的心灵使他们的手巧。我们不应随便丢失了这颗心。因此，我爱现代的手造的美好的东西。北平有许多这样的好东西，如地毯、珐琅、玩具……但是北平还没有成都这样多。成都还存着我们民族的巧手。我绝对不是反对机械，而只是说，我们在大的工业上必须采取西洋方法，在小工业上则须保存我们的手。谁知道这二者有无调谐的可能呢？不过，我想，人类文化的明日，恐怕不是家家造大炮、户户有坦克车，而是要以真理代替武力，以善美代替横暴。果然如此，我们便应想一想是否该把我们的心灵也机械化了吧？次说口：成都人多数健谈。文化高的地方都如此，因为"有"话可讲。但是，这且不在话下。

这次，我听到了川剧、洋琴，与竹琴。川剧的复杂与细腻，在重庆时我已领略了一点。到成都，我才听到真好的川剧。很佩服贾佩之、萧楷成、周企何诸先生的口。我的耳朵不十分笨，连昆曲——听过几次之后——都能哼出一句半句来。可是，已经听过许多次川剧，我依然一句也哼不出。它太复杂，在牌子上，在音域上，恐怕它比任何中国的歌剧都复杂得好多。我希望能用心地去学几句。假若我能哼上几句川剧来，我想，大概就可以不怕学不会任何别的歌唱了。竹琴本很简单，但在贾树三的口中，它变成极难唱的东西。他不轻易放过一个字去，他用气控制着情，他用"抑"逼出"放"，他由细嗓转到粗嗓而没有痕迹。我希望成都的口，也和它的手一样，能保存下去。我们不应拒绝新的音乐，可也不应把旧的扫灭。恐怕新旧相通，才能产出新的而又是民族的东西来吧。

还有许多话要说，但是很怕越说越没有道理，前边所说的那一点恐怕已经是糊涂话啊！且就这机会谢谢侯宝璋先生给我在他的客室里安了行军床，吴先忧先生领我去看戏与洋琴，"文协"分会会员的招待，与朋友们的赏酒饭吃！

第二辑　又是一年芳草绿

生活是种律动，
须有光有影，
有左有右，
有晴有雨；
滋味就含在这变而不猛的曲折里。

又是一年芳草绿

悲观有一样好处，它能叫人把事情都看轻了一些。这个可也就是我的坏处，它不起劲、不积极。您看我挺爱笑不是？因为我悲观。悲观，所以我不能板起面孔，大喊："孤——刘备！"我不能这样。一想到这样，我就要把自己笑毛咕了。看着别人吹胡子瞪眼睛，我从脊梁沟上发麻，非笑不可。我笑别人，因为我看不起自己。别人笑我，我觉得应该；说得天好，我不过是脸上平润一点的猴子。我笑别人，往往招人不愿意；不是别人的量小，而是不像我这样稀松，这样悲观。

我打不起精神去积极地干，这是我的大毛病。可是我不懒，凡是我该做的我总想把它做了，纯为得点报酬养活自己与家里的人——往好了说，尽我的本分。我的悲观还没到想自杀的程度，不能不找点事做。有朝一日非死不可呢，那只好死喽，我有什么法儿呢？

这样，你瞧，我是无大志的人。我不想做皇上。最乐观的人才敢做皇上，我没这份胆气。

有人说我很幽默，不敢当。我不懂什么是幽默。假如一定问我，我只能说我觉得自己可笑，别人也可笑；我不比别人高，别人也不比我高。谁都有缺欠，谁都有可笑的地方。我跟谁都说得来，可是他得愿意跟我说；他一定说他是圣人，叫我三跪九叩报门而进，我没这个瘾。我不教训别人，也不听别人的教训。幽默，据我这么想，不是嬉皮笑脸、死不要鼻子。

也不是怎股子劲儿，我成了个写家。我的朋友德成粮店的写账先生也是写家，我跟他同等，并且管他叫二哥。既是个写家，当然得写了。"风格即人"——还是"风格即驴"？——我是怎个人自然写怎样的文章了。于是有人管我叫幽默的写家。我不以这为荣，也不以这为辱。我写我的。卖得出去呢，多得个三头五块的，买什么吃不香呢。卖不出去呢，拉倒，我早知道指着写文章吃饭是不易的事。

稿子寄出去，有时候是肉包子打狗，一去不回头；连个回信也没有。这，咱只好幽默；多咱见着那个骗子再说，见着他，大概我们俩总有一个笑着去见阎王的。不过，这是不很多见的，要不怎么我还没想自杀呢。常见的事是这个，稿子登出去，酬金就睡着了，睡得还是挺香甜。直到我也睡着了，它忽然来了，仿佛故意吓人玩。数目也惊人，它能使我觉得自己不过值一毛五一斤，比猪肉还便宜呢。这个咱也不说什么，国难期间，大家都得受点苦，人家开铺子的也不容易，掌柜的吃肉，给咱点汤喝，就得念佛。是的，我是不能当皇上，焚书坑掌柜的，咱没那个狠心，你看这个劲儿！不过，有人想坑他们呢，我也不便拦着。

这么一来，可就有许多人看不起我。连好朋友都说："伙计，你也硬正着点，说你是为人类而写作，说你是中国的高尔基；你太泄气了！"真的，我是泄气，我看高尔基的胡子可笑。他老人家那股子自卖自夸的劲儿，打死我也学不来。人类要等着我写文章才变体面了，那恐怕太晚了吧？我老觉得文学是有用的；拉长了说，它比任何东西都有用、都高明。可是往眼前说，它不如一尊高射炮或一锅饭有用。我不能吆喝我的作品是"人类改造丸"。我也不相信把文学杀死便天下太平。我写就是了。

别人的批评呢？批评是有益处的。我爱着批评，它多少给我点益处；即使完全不对，不是还让我笑一笑吗？自己写的时候仿佛是蒸馒头呢，热气腾腾，莫名其妙。及至冷眼人一看，一定看出许多错儿来。我感谢这种指摘。说的不对呢，那是他的错儿，不干我的事。我永不驳辩，这似乎是胆儿小；可是也许是我的宽宏大量。我不便往自己脸上贴金。一件事总得由两面儿瞧，是不是？

对于我自己的作品，我不拿她们当作宝贝。是呀，当写作的时候，我是卖了力气，我想往好了写。可是一个人的天才与经验是有限的，谁也不敢保了老写得好，连荷马也有打盹的时候。有的人呢，每一拿笔便想到自己是但丁，是莎士比亚。这没有什么不可以的，天才须有自信的心。我可不敢这样，我的悲观使我看轻自己。我常想客观地估量估量自己的才力；这不易做到，我究竟不能像别人看我看得那样清楚；好吧，既不能十分看清了自己，也就不用装蒜。谦虚是必要的，可是装蒜也大可以不必。

对做人，我也是这样。我不希望自己是个完人，也不故意地招人家的骂。该求朋友的呢，就求；该给朋友做的呢，就做。做得好不好，咱们大家凭良心。所以我很和气，见着谁都能扯一套。可是，初次见面的人，我可是不大爱说话；特别是见着女人，我简直张不开口，我怕说错了话。在家里，我倒不十分怕太太。可是对别的女人老觉着恐慌，我不大明白妇女的心理；要是信口开河地说，我不定说出什么来呢，而妇女又爱挑眼。男人也有许多爱挑眼的，所以初次见面，我不大愿开口。我最不喜辩论，因为红着脖子粗着筋的太不幽默。我最不喜欢好吹腾的人，可并不拒绝与这样的人谈话；我不爱这样的人，但喜欢听他的吹。最好是听着他吹，吹着吹着连他自己也忘了吹到什么地方去，那才有趣。

可喜的是有好几位生朋友都这么说："没见着阁下的时候，总以为阁下有八十多岁了。敢情阁下并不老。"是的，虽然将奔四十的人，我倒还不老。因为对事轻淡，我心中不大藏着计划，做事也无须耍手段，所以我能笑，爱笑；天真的笑多少显着年轻一些。我悲观，但是不愿老声老气地悲观，那近乎"虎事"。我愿意老年轻轻的，死的时候像朵春花将残似的那样哀而不伤。我就怕什么"权威"咧、"大家"咧、"大师"咧，等等，老气横秋的字眼们。我爱小孩、花草、小猫、小狗、小鱼，这些都不"虎事"。偶尔看见个穿小马褂的"小大人"，我能难受半天，特别是那种所谓聪明的孩子，让我难过。比如说，一群小孩都在那儿看变戏法儿，我也在那儿，单会有那么一两个七八岁的小老头说："这都是假的！"这叫我立刻走开，心里堵上一大块。世界确是更"文明"了，小孩也懂事懂得早了，可是我还愿意大家傻一点，特别是小孩。假若小猫刚生下来就会捕鼠，我就不再养猫，虽然它也许是个神猫。

我不大爱说自己，这多少近乎"吹"。人是不容易看清楚自己的。不过，刚过完了年，心中还慌着，叫我写"人生丁世"，实在写不出，所以就近的拿自己当材料。万一将来我不得已而做了皇上呢，这篇东西也许成为史料，等着瞧吧。

忙

　　近来忙得出奇。恍惚之间，仿佛看见一狗、一马或一驴，其身段神情颇似我自己；人兽不分，忙之罪也！

　　每想随遇而安，贫而无谄，忙而不怨。无谄已经做到；无论如何不能欢迎忙。

　　这并非想偷懒。真理是这样：凡真正工作，虽流汗如浆，亦不觉苦。反之，凡自己不喜做，而不能不做，做了又没什么好处者，都使人觉得忙，且忙得头疼。想当初，苏格拉底终日奔忙，而忙得从容，结果成了圣人；圣人为真理而忙，故不手慌脚乱。即以我自己说，前年写《离婚》的时候，本想由六月初动笔，八月十五交卷。及至拿起笔来，天气热得老在九十度以上，心中暗说不好。可是写成两段以后，虽腕下垫吃墨纸以吸汗珠，已不觉得怎样难受了。"七"月十五日居然把十二万字写完！因为我爱这种工作哟！我非圣人，也知道真忙与瞎忙之别矣。

　　所谓真忙，如写情书，如种自己的地，如发现九尾彗星，如在灵感下写诗作画，虽废寝忘食，亦无所苦。这是真正的工作，只有这种工作才能产生伟大的东西与文化。人在这样忙的时候，把自己已忘掉，眼看的是工作，心想的是工作，做梦梦的是工作，便无暇计及利害金钱等等了；心被工作充满，同时也被工作洗净，于是手脚越忙，心中越安怡，不久即成圣人矣。情书往往成为真正的文学，正在情理之中。

所谓瞎忙，表面上看来是热闹非常，其实呢它使人麻木，使文化退落，因为忙得没意义，大家并不愿做那些事，而不敢不做；不做就没饭吃。在这种忙乱情形中，人们像机器般的工作，忙完了一饱一睡，或且未必一饱一睡，而半饱半睡。这里，只有奴隶，没有自由人；奴隶不会产生好的文化。这种忙乱把人的心杀死，而身体也不见得能健美。它使人恨工作，使人设尽方法去偷油儿。我现在就是这样，一天到晚在那儿做事，全是我不爱做的。我不能不去做，因为眼前有个饭碗；多咱我手脚不动，那个饭碗便啪的一声碎在地上！我得努力呀，原来是为那个饭碗的完整，多么高伟的目标呀！试观今日之世界，还不是个饭碗文明！

因此，我羡慕苏格拉底，而恨他的时代。苏格拉底之所以能忙成个圣人，正因为他的社会里有许多奴隶。奴隶们为苏格拉底做工，而苏格拉底们乃得忙其所乐意忙者。这不公道！在一个理想的文化中，必能人人工作，而且乐意工作，即便不能完全自由，至少他也不完全被责任压得翻不过身来，他能把眼睛从饭碗移开一会儿，而不至立刻啪的一声打个粉碎。在这样的社会里，大家才会真忙，而忙得有趣，有成绩。在这里，懒是一种惩罚；三天不做事会叫人疯了；想想看，灵感来了，诗已在肚中翻滚，而三天不准他写出来，或连哼哼都不许！

懒，在现在的社会里，是必然的结果，而且不比忙坏；忙出来的是什么？那么，懒又有什么不可以呢？

世界上必有那么一天，人类把忙从工作中赶出去，人家都晓得，都觉得，工作的快乐，而越忙越高兴；懒还不仅是一种羞耻，而是根本就受不了的。自然，我是看不到那样的社会了；我只能在忙得——瞎忙——要哭的时候这么希望一下吧。

诗人

设若有人问我：什么是诗？我知道我是回答不出的。把诗放在一旁，而论诗人，犹之不讲英雄事业，而论英雄其人，虽为二事，但密切相关，而且也许能说得更热闹一些，故论诗人。

好像记得古人说过，诗人是中了魔的人。什么魔？什么是魔？我都不晓得。由我的揣猜大概有两点可注意的：（一）诗人在举动上是有异于常人的，最容易看到的：有的诗人囚首垢面，有的爱花或爱猫狗如命，有的登高长啸，有的海畔行吟，有的老在闹恋爱或失恋，有的挥金如土，有的狂醉悲歌……在常人的眼中，这些行动都是有失体统的，故每每呼诗人为怪人、为狂士、为败家子。可是，这些狂士（或什么什么怪物）却能写出标准公民与正人君子所不能写的诗歌。怪物也许倾家败产、冻饿而死，但是他的诗歌永远存在，为国家民族的珍宝。这是怎一问事呢？

一位英国的作家仿佛这样说过：写家应该是有女性的人。这句话对不对？我不敢说。我只能猜到，也许本着这位写家自己的经验，他希望写家们要心细如发，像女子们那样精细。我之所以这样猜想着，也许表示了我自己也愿写家们对事物的观察特别详密。诗人的心细，只是诗人应具备的条件之一。不过，仅就这一个条件来说，也许就大有出入，不可不辨。诗人要怎样的心细呢？是不是像看财奴一样，到临死的时候还不放心床畔的油灯是点着一根灯草呢，还是两根？多费一根灯草，足使看财奴伤心落泪，不算奇怪。假若一个诗人也这样办呢？呵，我想天下大概没有这样的诗人！一个人的才力是长于此，则短于彼的。一手打着算盘，一手写着诗，大概是不可能。诗人——也许因为体质的与众人不同，也许因天才与常人有异，也许因为所注意的不是油盐酱醋之类的东西——总有所长，也有所短，有的地方极注意，有的地方极不注意。有人说，诗人是长着四只眼的，所以他能把一团飞絮看成了老翁，能在一粒沙中看见个世界。至于这种眼睛能否辨别钞票的真假，便没有听见说过了。他的眼要看真理，要看山川之美；他的心要世界进步，要人人幸福。他的居心与圣哲相同，恐怕就不屑于，或来不及，再管衣衫的破烂，或见人必须作揖问好了。所以他被称为狂士、为疯子。这狂士对那些小小的举动可以因无关宏旨而忽略，叫大事可就一点也不放松，在别人正兴高采烈、歌舞升平的时节，他会极不得人心地来警告大家。人家笑得正欢，他会痛哭流涕。及至社会上真有了祸患，他会以身谏，他投水，他殉难！正如他平日的那些小举动被视为疯狂，他的这种舍身救世的大节也还是被认为疯狂的表现与结果。即使他没有舍身全节的机会，他也会因不为五斗米而折腰，或不肯赞谀什么权要，而死于贫困。他什么也没有，只有一些诗。诗，救不了他的饥寒，却使整个的民族有些永远不灭的光荣。诗人以饥寒为苦吗？那倒也未必，他是中了魔的人！

　　说不定，我们也许能发现一个诗人，他既爱财如命，也还能写出诗来。这就可以提出第（二）来了：诗人在创作的时候确实有点发狂的样子。所谓灵感者也许就是中魔的意思吧。看，当诗人中了魔（或者有了灵感），他或碰倒醋瓮，或绕床疾走，或到庙门口去试试应当用"推"还是"敲"，或喝上斗酒，真是天翻地覆。他醒着也吟，睡着也唱，能闹几天几夜，忘寝废食。这时候，他把全部精力全拿出来，每一道神经都在颤动。他忘了钱——假使他平日爱钱。忘了饮食、忘了一切，而把意识中，连下意识中的那最崇高的、最善美的，都拿了出来！把最好的字、最悦耳的音，都配备上去。假如他平日爱钱，到这时节便顾不得钱了！在这时候而有人跟他来算账，他的诗兴便立刻消逝，没法挽回。当作诗的时候，诗人能把他最喜爱的东西推到一边去，什么贵重的东西也比不上诗。诗是他自己的，别的都是外来之物。诗人与看财奴势不两立，至于忘了洗脸，或忘了应酬，就更在情理中了。所以，诗人在平时就有点像疯子；在他作诗的时候，即使平日不疯，也必变成疯子——最快活、最苦痛、最天真、最崇高、最可爱、最伟大的疯子！

　　皮毛的去学诗人的囚首垢面或破鞋敝衣，是容易的，没什么意义的。要成为诗人须中魔啊。要掉了头，牺牲了命，而必求真理至善之阐明，与美丽幸福之揭示，才是诗人啊。眼光如豆，心小如鼠，算了吧，你将永远是向诗人投掷石头的，还要作诗吗？——写于诗人节

小病

大病往往离死太近，一想便寒心，总以不患为是。即使承认病死比杀头活埋剥皮等死法光荣些，到底好死不如歹活着。半死不活的味道使盖世的英雄泪下如雨呀。拿死吓唬任何生物是不人道的。大病专会这么吓唬人，理当回避，假若不能扫除净尽。

可是小病便当另作一说了。山上的和尚思凡，比城里的学生要厉害许多。同样，楚霸王不害病则没的可说，一病便了不得。生活是种律动，须有光有影、有左有右、有晴有雨；滋味就含在这变而不猛的曲折里。微微暗些，然后再明起来，则暗得有趣，而明乃更明；且不至明过了度，忽然烧断，如百烛电灯泡然。这个，照直了说，便是小病的作用。常患些小病是必要的。

所谓小病，是在两种小药的能力圈内，阿司匹灵 ❶ 与清瘟解毒丸是也。这两种药所不治的病，顶好快去请大夫，或者立下遗嘱，备下棺

❶ 现通译为"阿司匹林"。

材，也无所不可，咱们现在讲的是自己能当大夫的"小"病。这种小病，平均每个半月犯一次就挺合适。一年四季，平均犯八次小病，大概不会再患什么重病了。自然也有爱患完小病再患大病的人，那是个人的自由，不在话下。

咱们说的这类小病很有趣。健康是幸福；生活要趣味。所以应当讲说一番：

小病可以增高个人的身份。不管一家大小是靠你吃饭，还是你白吃他们，日久天长，大家总对你冷淡。假若你是挣钱的，你越尽责，人们越挑眼，好像你是条黄狗，见谁都得连忙摆尾；一尾没摆到，即使不便明言，也暗中唾你几口。不大离的你必得病一回，必得！早晨起来，哎呀，头疼！买清瘟解毒丸去！还有阿司匹灵吗？不在乎要什么，要的是这个声势。狗的地位提高了不知多少。连懂点事的孩子也要闭眼想想了——这棵树可是倒不得呀！你在这时节可以发散发散狗的苦闷了，卫生的要术。你若是个白吃饭的，这个方法也一样灵验。特别是妈妈与老嫂子，一见你真需要阿司匹灵，她们会知道你没得到你所应得的尊敬，必能设法安慰你：去听听戏，或带着孩子们看电影去吧？她们诚意地向你商量，本来你的病是吃小药饼或看电影都可以治好的，可是你的身份高多了呢。在朋友中、社会中，光景也与此略同。

此外，小病两日而能自己治好，是种精神的胜利。人就是别投降给大夫。无论国医西医，一律招惹不得。头疼而去找西医，他因不能断证——你的病本来不算什么——一定嘱告你住院，而后详加检验，发现了你的小脚指头不是好东西，非割去不可。十天之后，头疼确是好了，可是足指剩了九个。国医文明一些，不提小脚指头这一层，而说你气虚，一开便开二十味药；他越摸不清你的脉，越多开药，意在把病吓跑。就是不找大夫。预防大病来临，时时以小病发散之，而小病自己会治，这就等于"吃了萝卜喝热茶，气得大夫满街爬"！

有宜注意者：不当害这种病时，别害。头疼，大则足以失去一个王位，小则能惹出是非。设个小比方：长官约你陪客，你说头疼不去，其结果有不易消化者。怎样利用小病，须在全部生活艺术中搜求出来。看清机会，而后一想象，乃由无病而有病，利莫大焉。

这个，从实际上看，社会上只有一部分人能享受，差不多是一种雅好的奢侈。可是，在一个理想国里，人人应该有这个自由与享受。自然，在理想国内也许有更好的办法；不过，什么办法也不及这个浪漫，这是小品病。

避暑

英美的小资产阶级，到夏天若不避暑，是件很丢人的事。于是，避暑差不多成为离家几天的意思，暑避了与否倒不在话下。城里的人到海边去，乡下人上城里来；城里若是热，乡下人干吗来？若是不热，城里的人为何不老老实实地在家里歇着？这就难说了。再看海边吧，各样杂耍，似赶集开庙一般，男女老幼，闹闹吵吵，比在家中还累得慌。原来暑本无须避，而面子不能不圆上；夏天总得走这么几日，要不然就受不了亲友的盘问。谁也知道，海边的小旅馆每每一间小屋睡大小五口；这只好尽在不言中。

手中更富裕的，讲究到外国来。这更少与避暑有关。巴黎夏天比伦敦热得多，而巴黎走走究竟体面不小。花几个钱，长些见识，受点热也还值得。可是咱们这儿所说的人们，在来走以前已经决定好自己的文化比别国高，而回来之后只为增高在亲友中的身份——"刚由巴黎回来；那群法国人！"

到中国做事的西人，自然更不能忘了这一套。在北戴河，有三家凑赁一所小房的，住上二天，大家的享受正如圈里的羊。自然也有很阔气的，真是去避暑；可是这样的人大概在哪里也不见得感到热，有钱呀。有钱能使鬼推磨，难道不能使鬼做冰激凌吗？这总而言之，都有点装着玩。外国人装蒜，中国人要是不学，便算不了摩登。于是自从皇上被免职以后，中国人也讲究避暑。北平的西山、青岛和其他的地方，都和洋钱有同样的响声。还有特意到天津或上海玩玩的，也归在避暑项下；谁受罪谁知道。

暑，从哲学上讲，是不应当避的。人要把暑都避了，老天爷还要暑干吗？农人要都去避暑，粮食可还有的吃？再退一步讲，手里有钱，暑不可不避，因为它暑。这自然可以讲得通，不过为避暑而急得四脖子汗流，便大可以不必。到避暑期间而闹得人仰马翻，便根本不如在家里和谁打上一架。

所以我的避暑法便很简单——家里蹲。第一不去坐火车；为避暑而先坐二十四小时的特别热车，以便到目的地去治上吐下泻，我就不那么傻。第二不扶老携幼去玩玄：比如上山，带着四个小孩，说不定会有三个半滚了坡的。山上的空气确是清新，可是下得山来，孩子都成了瘸子，也与教育宗旨不甚相合。即使没有摔坏，反正还不吓一身汗？这身汗哪里出不了，单上山去出？第三不用搬家。你说，一家大小都去避暑，得带多少东西？即使出发的时候力求简单，到了地方可就明白过来，啊，没给小二带乳瓶来！买去吧，哼，该买的东西多了！三叔的固元膏忘下了，此处没有卖的，而不贴则三叔就泻肚；得发快信托朋友给寄！及至东西都慢慢买全，也该回家了，往回运吧，有什么可说的！

一个人去自然简单些，可是你留神吧，你的暑气还没落下去，家里的电报到了——急速回家！赶回来吧，原来没事，只是尊夫人不放心你！本来吗，一个人在海岸上溜，尊夫人能放心吗？她又不是没看过美人鱼的照片。

大家去，独自去，都不好；最好是不去。一动不如一静，心静自然凉。况且一切应用的东西都在手底下：凉席、竹枕、蒲扇、烟卷、万应锭、小二的乳瓶……要什么伸手即得，这就是个乐子。渴了有绿豆汤，饿了有烧饼，闷了念书或作两句诗。早早地起来，晚晚地睡，到了晌午再补上一大觉；光脚没人管，赤背也不违警章，喝几口随便，喝两盅也行。有风便荫凉下坐着，没风则勤扇着，暑也可以避了。

这种避暑有两点不舒服：（一）没把钱花了；（二）怕人问你。都有办法：买点暑药送苦人，或是赈灾，即使不是有心积德，到底钱是不必非花在青岛不可的。至于怕有人问，你可以不见客，等秋来的时候，他们问你，很可以这样说："老没见，上莫干山住了三个多月。"如能把孩子们嘱咐好了，或者不至漏了底。

读书

　　若是学者才准念书，我就什么也不要说了。大概书不是专为学者预备的；那么，我可要多嘴了。

　　从我一生下来直到如今，没人盼望我成个学者；我永远喜欢服从多数人的意见。可是我爱念书。

　　书的种类很多，能和我有交情的可很少。我有决定念什么的全权；自幼儿我就会逃学，愣挨板子也不肯说我爱《三字经》和《百家姓》。对，《三字经》便可以代表一类——这类书，据我看，顶好在判了无期徒刑以后去念，反正活着也没多大味儿。这类书可真不少，不知道为什么；也许是犯无期徒刑罪的太多；要不然便是太少——我自己就常想杀些写这类书的人。我可是还没杀过一个，一来是因为——我才明白过来——写这样书的人敢情有好些已经死了，比如写《尚书》的那位李二哥。二来是因为现在还有些人专爱念这类书，我不便得罪人太多了。顶好，我看是不管别人；我不爱念的就不动好了。好在，我爸爸没希望我成个学者。

第二类书也与咱无缘：书上满是公式，没有一个"然而"和"所以"。据说，这类书里藏着打开宇宙秘密的小金钥匙。我倒久想明白点真理，如地是圆的之类；可是这种书别扭，它老瞪着我。书不老老实实地当本书，瞪人干吗呀？我不能受这个气！有一回，一位朋友给我一本《相对论原理》，他说：明白这个就什么都明白了。我下了决心去念这本宝贝书。读了两个"配纸"，我遇上了一个公式。我跟它"相对"了两点多钟！往后边一看，公式还多了去啦！我知道和它们"相对"下去，它们也许不在乎，我还活着不呢？

可是我对这类书，老有点敬意。这类书和第一类有些不同，我看得出。第一类书不是没法懂，而是懂了以后使我更糊涂。以我现在的理解力——比上我七岁的时候，我现在满可以做圣人了——我能明白"人之初，性本善"。明白完了，紧跟着就糊涂了；昨儿个晚上，我还挨了小女儿——玫瑰唇的小天使——一个嘴巴。我知道这个小天使性本不善，她才两岁。第二类书根本就看不懂，可是人家的纸上没印着一句废话；懂不懂的，人家不闹玄虚，它瞪我，或者我是该瞪。我的心这么一软，便把它好好放在书架上；好打好散，别太伤了和气。

这要说到第三类书了。其实这不该算一类；就这么算吧，顺嘴。这类书是这样的：名气挺大，念过的人总不肯说它坏，没念过的人老怪害羞地说将要念。譬如说《元曲》、太炎"先生"的文章、罗马的悲剧、辛克莱的小说、《大公报》——不知是哪儿出版的一本书——都算在这类里，这些书我也都拿起来过，随手便又放下了。这里还就数那本《大公报》有点劲。我不害羞，永远不说将要念。好些书的广告与威风是很大的，我只能承认那些广告做得不错，谁管它威风不威风呢？

"类"还多着呢，不便再说；有上面的三项也就足以证明我怎样的不高明了。该说读的方法。

怎样读书，在这里，是个自决的问题；我说我的，没勉强谁跟我学。第一，我读书没系统。借着什么、买着什么、遇着什么，就读什么。不懂的放下，使我糊涂的放下，没趣味的放下，不客气。我不能叫书管着我。

第二，读得很快，而不记住。书要都叫我记住，还要书干吗？书应该记住自己。对我，最讨厌的发问是："那个典故是哪儿的呢？""那句书是怎么来着？"我永不回答这样的考问，即使我记得。我又不是印刷机器养的，管你这一套！

读得快，因为我有时候跳过几页去。不合我的意，我就练习跳远。书要是不服气的话，来跳我呀！看侦探小说的时候，我先看最后的几页，省事。

第三，读完一本书，没有批评，谁也不告诉。一告诉就糟："嘿，你读《啼笑因缘》？"要大家都不读《啼笑因缘》，人家写它干吗呢？一批评就糟："尊家这点意见？"我不惹气。读完一本书再打通儿架，不上算。我有我的爱与不爱，存在我自己心里。我爱念什么就念，有什么心得我自己知道，这是种享受，虽然显得自私一点。

再说呢，我读书似乎只要求一点灵感。"印象甚佳"便是好书，我没工夫去细细分析它，所以根本便不能批评。"印象甚佳"有时候并不是全书的，而是书中的一段最入我的味；因为这一段使我对这全书有了好感；其实这一段的美或者正足以破坏了全体的美，但是我不去管；有一段叫我喜欢两天的，我就感谢不尽。因此，设若我真去批评，大概是高明不了。

第四，我不读自己的书，不愿谈论自己的书。"儿子是自己的好"，我还不晓得，因为自己还没有过儿子。有个小女儿，女儿能不能代表儿子，就不得而知。"老婆是别人的好"，我也不敢加以拥护，特别是在家里。但是我准知道，书是别人的好。别人的书自然未必都好，可是至少给我一点我不知道的东西。自己的，一提都头疼！自己的书，和自己的运气，好像永远是一对儿累赘。

第五，哼，算了吧。

养花

　　我爱花，所以也爱养花。我可还没成为养花专家，因为没有工夫去做研究与试验。我只把养花当作生活中的一种乐趣，花开得大小好坏都不计较，只要开花，我就高兴。在我的小院中，到夏天，满是花草，小猫儿们只好上房去玩耍，地上没有它们的运动场。

　　花虽多，但无奇花异草。珍贵的花草不易养活，看着一棵好花生病欲死是件难过的事。我不愿时时落泪。北京的气候，对养花来说，不算很好。冬天冷，春天多风，夏天不是干旱就是大雨倾盆；秋天最好，可是忽然会闹霜冻。在这种气候里，想把南方的好花养活，我还没有那么大的本事。因此，我只养些好种易活、自己会奋斗的花草。

　　不过，尽管花草自己会奋斗，我若置之不理，任其自生自灭，它们多数还是会死了的。我得天天照管它们，像好朋友似的关切它们。一来二去，我摸着一些门道：有的喜阴，就别放在太阳地里，有的喜干，就别多浇水。这是个乐趣，摸住门道，花草养活了，而且三年五载老活着、开花，多么有意思呀！不是乱吹，这就是知识呀！多得些知识，一定不是坏事。

我不是有腿病吗，不但不利于行，也不利于久坐。我不知道花草们受我的照顾，感谢我不感谢；我可得感谢它们。在我工作的时候，我总是写了几十个字，就到院中去看看，浇浇这棵，搬搬那盆，然后回到屋中再写一点，然后再出去，如此循环，把脑力劳动与体力劳动结合到一起，有益身心，胜于吃药。要是赶上狂风暴雨或天气突变哪，就得全家动员，抢救花草，十分紧张。几百盆花，都要很快地抢到屋里去，使人腰酸腿疼，热汗直流。第二天，天气好转，又得把花儿都搬出去，就又一次腰酸腿疼，热汗直流。可是，这多么有意思呀！不劳动，连棵花儿也养不活，这难道不是真理吗？

送牛奶的同志，进门就夸"好香"！这使我们全家都感到骄傲。赶到昙花开放的时候，约几位朋友来看看，更有秉烛夜游的神气——昙花总在夜里放蕊。花儿分根了，一棵分为数棵，就赠给朋友们一些；看着友人拿走自己的劳动果实，心里自然特别喜欢。

当然，也有伤心的时候，今年夏天就有这么一回。三百株菊秧还在地上（没到移入盆中的时候），下了暴雨。邻家的墙倒了下来，菊秧被砸死者约三十多种，一百多棵！全家都几天没有笑容！

有喜有忧，有笑有泪，有花有实，有香有色，既须劳动，又长见识，这就是养花的乐趣。

落花生

我是个谦卑的人。但是，口袋里装上四个铜板的落花生，一边走一边吃，我开始觉得比秦始皇还骄傲。假若有人问我："你要是做了皇上，你怎么享受呢？"简直的不必思索，我就答得出："派四个大臣拿着两块钱的铜子，爱买多少花生吃就买多少！"

什么东西都有个幸与不幸。不知道为什么瓜子比花生的名气大。你说，凭良心说，瓜子有什么吃头？它夹你的舌头，塞你的牙，激起你的怒气——因为一咬就碎；就是幸而没碎，也不过是那么小小的一片，不解饿，没味道，劳民伤财，布尔乔亚！你看落花生：大大方方的，浅白麻子，细腰，曲线美。这还只是看外貌。弄开看：一胎儿两个或者三个粉红的胖小子。脱去粉红的衫儿，象牙色的豆瓣一对对地抱着，上边儿还接着吻。那个光滑，那个水灵，那个香喷喷的，碰到牙上那个干松酥软！白嘴吃也好，就酒喝也好，放在舌上当槟榔含着也好。写文章的时候，三四个花生可以代替一支香烟，而且有益无损。

种类还多呢：大花生、小花生、大花生米、小花生米，糖饯的、炒的、煮的、炸的，各有各的风味，而都好吃。下雨阴天，煮上些小花生，放点盐；来四两玫瑰露；够作好几首诗的。瓜子可给诗的灵感？冬夜，早早地躺在被窝里，看着《水浒》，枕旁放着些花生米；花生米的香味，在舌上、在鼻尖；被窝里的暖气，武松打虎……这便是天国！冬天在路上，刮着冷风，或下着雪，袋里有些花生使你心中有了主儿。掏出一个来，剥了，慌忙往口中送，闭着嘴嚼，风或雪立刻不那么厉害了。况且，一个二十岁以上的人肯神仙似的、无忧无虑地、随随便便地在街上一边走一边吃花生，这个人将来要是做了宰相或度支部尚书，他是不会有官僚气与贪财的。他若是做了皇上，必是朴俭温和直爽天真的一位皇上，没错。

吃瓜子的照例不在街上走着吃，所以我不给他保这个险。

至于家中要是有小孩儿，花生简直比什么也重要。不但可以吃，而且能拿它们玩。夹在耳唇上当环子，几个小姑娘就能办很大的一回喜事。小男孩若找不着玻璃球儿，花生也可以当弹儿。玩法还多着呢。玩了之后，剥开再吃，也还不脏。两个大子儿的花生可以玩半天；给他们些瓜子试试。

论样子、论味道，栗子其实满有势派儿。可是它没有落花生那点家常的"自己"劲儿。栗子跟人没有交情，仿佛是。核桃也不行，榛子就更显着疏远。落花生在哪里都有人缘，自天子以至庶人都跟它是朋友；这不容易。

在英国，花生叫作"猴豆"——Monkey nuts。人们到动物园去才带上一包，去喂猴子。花生在这个国里真不算很光荣，可是我亲眼看见去喂猴子的人——小孩就更不用提了——偷偷地也往自己口中送这猴豆。花生和苹果好像一样的有点魔力，假如你知道苹果的典故；我这儿确是用着典故。

美国吃花生的不限于猴子。我记得有位美国姑娘，在到中国来的时候，把几只皮箱的空处都填满了花生，大概凑起来总够十来斤吧，怕是到中国吃不着这种宝物。美国姑娘都这样重看花生，可见它确是有价值；按照哥伦比亚的哲学博士的辩证法看，这当然没有误儿。

花生大概还跟婚礼有点关系，一时我可想不起来是怎么个办法了；不是新娘子在轿里吃花生，不是；反正是什么什么春吧——你可晓得这个典故？其实花轿里真放上一包花生米，新娘子未必不一边落泪一边嚼着。

西红柿

所谓番茄炒虾仁的番茄，在北平原叫作西红柿，在山东各处则名为洋柿子，或红柿子。想当年我还梳小辫、系红头绳的时候，西红柿还没有番茄这点威风。它的价值，在那不文明的时代，不过与"赤包儿"相等，给小孩儿们拿着玩玩而已。大家做"娶姑娘扮姐姐"玩耍的时节，要在小板凳上摆起几个红胖发亮的西红柿，当作喜筵，实在漂亮。可是，它的价值只是这么点，而且连这一点还不十分稳定，至于在大小饭铺里，它是完全没有份儿的。这种东西，特别是在叶子上，有些不得人心的臭味——按北平的话说，这叫作"青气味儿"。所谓"青气味儿"，就是草木发出来的那种不好闻的味道，如楮树叶儿和一些青草，都是有此气味的。可怜的西红柿，果实是那么鲜丽，而被这个味儿给累住，像个有狐臭的美人。不要说是吃，就是当"花儿"看，它也是没有"凉水茄"、"番椒"等那种可以与美人蕉、翠雀儿等草花同在街上售卖的资格。小孩儿拿它玩耍，仿佛也是出于不得已；这种玩意儿好玩不好吃，不像落花生或枣子那样可以"吃玩两便"。其实呢，西红柿的味道并不像它的叶子那么臭恶，而且不比臭豆腐难吃，可是那股青气味儿到底要了它的命。除了这点味道，恐怕它的失败在于它那点四不像的劲儿：拿它当果子看待，它甜不如果，脆不如瓜；拿它当菜吃，煮熟之后屁味没有，稀松一堆，没点"嚼头"；它最宜生吃，可是那股味儿，不果不瓜不菜，亦可以休矣！

　　西红柿转运是在近些年，"番茄"居然上了菜单，由英法大菜馆而渐渐侵入中国饭铺，连山东馆子也要报一报"番茄虾银（仁）儿"！文化的侵略哟，门牙也挡不住呀！可是细一看呢，饭馆里的番茄这个与那个，大概都是加上了点番茄汁儿，粉红怪可看，且不难吃；至于整个的鲜番茄，还没多少人肯大嘴地啃。肯生吞它的，或者还得算留过洋的人们和他们的儿女，到底他们的洋味地道些。近来西医宣传西红柿里含有维他命 A 至 W，可是必须生吃，这倒有点别扭。不过呢，国人是最注意延年益寿、滋阴补肾的东西，或者这点青气味儿也不难于习惯下来的；假如国医再给证明一下：番茄加鹿茸可以壮阳种子，我想它的前途正自未可限量咧。

在乡下

虽然刚住了几天，我已经感到乡间的确可喜。在这生活困难的时候，谁也恐怕不能不一开口就谈到钱；在乡间住，第一个好处是可以省下几文。头发长了，须跑出十里八里去理；脚稍微一懒，就许延迟一个星期；头发长了些，可是袋儿里也沉重了些。洗澡，更谈不到。到极热的时候，可以下河；天不够热的时候，皮肤外有一层可以搓卷着玩的泥，也显着暖和而有趣。这就又省了一笔支出。没有卖鲜果、糖食和点心的；这不但可以省了钱，而且自然地矫正了吃零食的坏习惯。衣服须自己洗，皮鞋须自己擦。路须自己走——没有洋车。就是有，也不能在田埂儿上走。

除了省钱，还另有好多的精神胜利：平剧、川剧全听不到了，但是可以自己唱。在大黄角树下，随意喊吧，除了多管闲事的狗向你叫几声而外，不会有人来叫"倒好"的。话剧更看不到，可是自己可以写两本呀，有的是工夫！

书是不易得到的，但是偶然找来一本，绝不会像在城里时那样掀一掀就了事。在乡下，心里用不着惦记与朋友们定的约会，眼睛用不着时时地看表，于是，拿到一本书的时节，就可以愿意怎么读便怎么读；愿意把这几行读两遍，便读两遍；三遍就三遍；看哪一行不大顺眼，便可以跟它辩论一番！这样，书仿佛就与人成了可以谈心的朋友，而不是书架上的摆设了。

院中有犬吠声、鸡鸭叫声、孩子哭声；院外有蛙声、鸟声、叱牛声、农人相呼声。但这些声音并不教你心中慌乱。到了夜间，便什么声音也没有；即使蛙还在唱，可是它们会把你唱入梦境里去。这几天，杜鹃特别的多，直到深夜还不住地啼唤；老想问问它们，三更半夜的唤些什么？这不是厌烦，而是有点相怜之意。

正在插秧的时候下了大雨，每个农人都面带喜色，水牛忙极了，却一点不慌，还是那么慢条斯理的，像有成竹在胸的样子。

晚上，油灯欠亮，蚊虫很多；所以早早地就躲到帐子里去。早睡，所以就也早起。睡得定，睡得好，脸上就增加了一点肉——很不放心，说不一定还会变成胖子呢！

猫

　　猫的性格实在有些古怪。说它老实吧，它的确有时候很乖。它会找个暖和地方，成天睡大觉，无忧无虑，什么事也不过问。可是，赶到它决定要出去玩玩，就会走出一天一夜，任凭谁怎么呼唤，它也不肯回来。说它贪玩吧，的确是呀，要不怎么会一天一夜不回家呢？可是，及至它听到点老鼠的响动啊，它又多么尽职，闭息凝视，一连就是几个钟头，非把老鼠等出来不拉倒！

　　它要是高兴，能比谁都温柔可亲：用身子蹭你的腿，把脖儿伸出来要求给抓痒，或是在你写稿子的时候，跳上桌来，在纸上踩印几朵小梅花。它还会丰富多腔地叫唤，长短不同，粗细各异，变化多端，力避单调。在不叫的时候，它还会咕噜咕噜地给自己解闷。这可都凭它的高兴。它若是不高兴啊，无论谁说多少好话，它一声也不出，连半个小梅花也不肯印在稿纸上！它倔强得很！

　　是，猫的确是倔强。看吧，大马戏团里什么狮子、老虎、大象、狗熊，甚至于笨驴，都能表演一些玩意儿，可是谁见过耍猫呢？（昨天才听说：

苏联的某马戏团里确有耍猫的，我当然还没亲眼见过。）

这种小动物确是古怪。不管你多么善待它，它也不肯跟着你上街去逛逛。它什么都怕，总想藏起来。可是它又那么勇猛，不要说见着小虫和老鼠，就是遇上蛇也敢斗一斗。它的嘴往往被蜂儿或蝎子螫得肿起来。

赶到猫儿们一讲起恋爱来，那就闹得一条街的人们都不能安睡。它们的叫声是那么尖锐刺耳，使人觉得世界上若是没有猫啊，一定会更平静一些。

可是，及至女猫生下两三个棉花团似的小猫啊，你又不恨它了。它是那么尽责地看护儿女，连上房兜兜风也不肯去了。

郎猫可不那么负责，它丝毫不关心儿女。它或睡大觉，或上屋去乱叫，有机会就和邻居们打一架，身上的毛儿滚成了毡，满脸横七竖八都是伤痕，看起来实在不大体面。好在它没有照镜子的习惯，依然昂首阔步，大喊大叫，它匆忙地吃两口东西，就又去挑战开打。有时候，它两天两夜不回家，可是当你以为它可能已经远走高飞了，它却瘸着腿大败而归，直入厨房要东西吃。

过了满月的小猫们真是可爱，腿脚还不甚稳，可是已经学会淘气。妈妈的尾巴，一根鸡毛，都是它们的好玩具，耍上没结没完。一玩起来，它们不知要摔多少跟头，但是跌倒即马上起来，再跑再跌。它们的头撞在门上、桌腿上和彼此的头上。撞疼了也不哭。

它们的胆子越来越大，逐渐开辟新的游戏场所。它们到院子里来了。院中的花草可遭了殃。它们在花盆里摔跤，抱着花枝打秋千，所过之处，枝折花落。你不肯责打它们，它们是那么生气勃勃，天真可爱呀。可是，你也爱花。这个矛盾就不易处理。

现在，还有新的问题呢：老鼠已差不多都被消灭了，猫还有什么用处呢？而且，猫既吃不着老鼠，就会想办法去偷捉鸡雏或小鸭什么的开开斋。这难道不是问题吗？

在我的朋友里颇有些位爱猫的。不知他们注意到这些问题没有？记得二十年前在重庆住着的时候，那里的猫很珍贵，须花钱去买。在当时，那里的老鼠是那么猖狂，小猫反倒须放在笼子里养着，以免被老鼠吃掉。据说，目前在重庆已很不容易见到老鼠。那么，那里的猫呢？是不是已经不放在笼子里，还是根本不养猫了呢？这须打听一下，以备参考。

也记得三十年前，在一艘法国轮船上，我吃过一次猫肉。事前，我并不知道那是什么肉，因为不识法文，看不懂菜单。猫肉并不难吃，虽不甚香美，可也没什么怪味道。是不是该把猫都送往法国轮船上去呢？我很难作出决定。

猫的地位的确降低了，而且发生了些小问题。可是，我并不为猫的命运多担什么心思。想想看吧，要不是灭鼠运动得到了很大的成功，消除了巨害，猫的威风怎会减少了呢？两相比较，灭鼠比爱猫更重要得多，不是吗？我想，世界上总会有那么一天，一切都机械化了，不是连驴马也会有点问题吗？可是，谁能因担忧驴马没有事做而放弃了机械化呢？

小动物们

鸟兽们自由地生活着，未必比被人豢养着更快乐。据调查鸟类生活的专门家说，鸟啼绝不是为使人爱听，更不是以歌唱自娱，而是占据猎取食物的地盘的示威；鸟类的生活是非常的艰苦。兽类的互相蚕食是更显然的。这样，看见笼中的鸟，或柙中的虎，而替它们伤心，实在可以不必。可是，也似乎不必替它们高兴；被人养着，也未尽舒服。生命仿佛是老在魔鬼与荒海的夹间儿，怎样也不好。

我很爱小动物们。我的"爱"只是我自己觉得如此；到底对被爱的有什么好处，不敢说。它们是这样受我的恩养好呢，还是自由地活着好呢？也不敢说。把养小动物们看成一种事实，我才敢说些关于它们的话。下面的述说，那么，只是为述说而述说。

先说鸽子。我的幼时，家中很贫。说出"贫"来，为是声明我并养不起鸽子；鸽子是种费钱的活玩意儿。可是，我的两位姐丈都喜欢玩鸽子，所以我知道其中的一点儿故典。我没事儿就到两家去看鸽，也不断随着姐丈们到鸽市去玩；他们都比我大着二十多岁。我的经验既是这样来的，而且是幼时的事，恐怕说得不能很完全了；有好多鸽子名已想不起来了。

鸽的名样很多。以颜色说，大概应以灰、白、黑、紫为基本色儿。可是全灰全白全黑全紫的并不值钱。全灰的是楼鸽，院中撒些米就会来一群；物是以缺者为贵，楼鸽太普罗。有一种比楼鸽小，灰色也浅一些的，才是真正的"灰"；但也并不很贵重。全白的，大概就叫"白"吧，我记不清了。全黑的叫黑儿，全紫的叫紫箭，也叫猪血。

猪血们因为羽毛单调，所以不值钱，这就容易想到值钱的必是杂色的。杂色的种类多极了，就我所知道的——并且为清楚起见——可以分作下列的四大类：点子、乌、环、玉翅。点子是白身腔，只在头上有手指肚大的一块黑，或紫；尾是随着头上那个点儿，黑或紫。这叫作黑点子和紫点子。乌与点子相近，不过是头上的黑或紫延长到肩与胸部。这叫黑乌或紫乌。这种又有黑翅的或紫翅的，名铁翅乌或铜翅乌——这比单是乌又贵重一些。还有一种，只有黑头或紫头，而尾是白的，叫作黑乌头或紫乌头；比乌的价钱要贱一些。刚才说过了，乌的头部的黑或紫毛是后齐肩，前及胸的。假若黑或紫毛只是由头顶到肩部，而前面仍是白的，这便叫作老虎帽，因为很像廿年前通行的风帽；这种确是非常的好看，因而价值也就很高。在民国初年，兴了一阵子蓝乌和蓝乌头，头尾如乌，而是灰蓝色儿的。这种并不好看，出了一阵子风头也就拉倒了。

环，简单得很：全白而项上有一黑圈者叫墨环；反之，全黑而项上有白圈者是玉环。此外有紫环，全白而项上有一紫环。"环"这种鸽似乎永远不大高贵。大概可以这么说，白尾的鸽是不易与黑尾或紫尾的相抗，因为白尾的飞起来不大美。

玉翅是白翅边的。全灰而有两白翅是灰玉翅；还有黑玉翅、紫玉翅。所谓白翅，有个讲究：翅上的白翎是左七右八。能够这样，飞起来才正好，白边儿不过宽，也不过窄。能生成就这样的，自然很少，所以鸽贩常常作假，硬插上一两根，或拔去些，是常有的事。这类中又有变种：玉翅而有白尾的，比如一只黑鸽而有左七右八的白翅翎，同时又是白尾，便叫作三块玉。灰的、紫的，也能这样。要是连头也是白的呢便叫作四块玉了。四块玉是较比有些价值的。

在这四大类之外，还有许多杂色的鸽。如鹤袖，如麻背，都有些价值，可不怎么十分名贵。在北平，差不多是以上述的四大类为主。新种随时有，也能时兴一阵，可都不如这四类重要与长远。

就这四大类说，紫的老比别的颜色高贵。紫色儿不容易长到好处，太深了就遭猪血之消，太浅了又黄不唧的寒酸。况且还容易长"花了"呢，特别是在尾巴上，翎的末端往往露出白来，像一块癣似的，把个尾巴就毁了。

紫以下便是黑，其次为灰。可是灰色如只是一点，如灰头、灰环，便又可贵了。

这些鸽中，以点子和乌为"古典的"。它们的价值似乎永远不变，虽然普通，可是老是鸽群之主。这么说吧，飞起四十只鸽，其中有过半的点子和乌，而杂以别种，便好看。反之，则不好看。要是这四十只都是点子，或都是乌，或点子与乌，便能有顶好的阵容。你几乎不能飞四十只环或玉翅。想想看吧：点子是全身雪白，而有个黑或紫的尾，飞起来像一群玲珑的白鸥；及至一翻身呢，那黑或紫的尾给这轻洁的白衣一个色彩深厚的裙儿，既轻妙而又厚重。假若是太阳在西边，而东方有些黑云，那就太美了：白翅在黑云下自然分外的白了；一斜身儿呢，黑尾或紫尾——最好是紫尾——迎着阳光闪起一些金光来！点子如是，乌也如是。白尾巴的，无论长得多么体面，飞起来没这种美妙，要不怎么不大值钱呢。铁翅乌或铜翅乌飞起来特别的好看，像一朵花，当中一块白，前后左右都镶着黑或紫，它使人觉得安闲舒适。可是铜翅乌几乎永远不飞，飞不起，贱的也是几十块钱一对儿吧。玩鸽子是满天飞洋钱的事儿，洋钱飞起去是不如在手里牢靠的。

可是，鸽子的讲究儿不专在飞，正如女子出头露脸不专仗着能跑五十米。它得长得俊。先说头吧，平头或峰头（峰读如凤；也许就是凤，而不是峰），便决定了身价的高低。所谓峰头或凤头的，是在头上有一撮立着的毛；平头是光葫芦。自然凤头的是更美，也更贵。峰——或凤——不许有杂毛，黑便全黑，紫便全紫，搀着白的便不够派儿。它得大，而且要像个荷包似的向里包包着。鸽贩常把峰的杂毛剔去，而且把不像荷包的收拾得像荷包。这样收拾好的峰，就怕鸽子洗澡，因为那好看的头饰是用胶粘的。

头最怕鸡头，没有脑杓儿，愣头磕脑的不好看。头须像算盘子儿，圆乎乎的，丰满。这样的头，再加上个好峰，便是标准美了。

眼，得先说眼皮。红眼皮的如害着眼病，当然不美。所以要强的鸽子得长白眼皮。宽宽的白眼皮，使眼睛显着大而有神。眼珠也有讲究，豆眼、隔睐眼，都是要不得的。可惜我离开鸽子们已念多年，形容不上来豆眼等是什么样子了；有机会到北平去住几天，我还能把它们想起来，到鸽市去两趟就行了。

嘴也很要紧。无论长得多么体面的鸽，来个长嘴，就算完了事。要不怎么，有的鸽虽然很缺少，而总不能名贵呢；因为这种根本没有短嘴的。鸽得有短嘴！厚厚实实的，小墩子嘴，才好看。

头部以外，就得论羽毛如何了。羽毛的深浅，色的支配，都有一定的。老虎帽的帽长到何处，虎头的黑或紫毛应到胸部的何处，都不能随便。出一个好鸽与出一个美人都是历史的光荣。

身的大小，随鸽而异。羽色单调一些的，像紫箭等，自然是越大越蠢，所以以短小玲珑为贵。像点子与乌什么的，个子大一点也不碍事。不过，嘴儿短，长得娇秀，自然不会发展得很粗大了，所以美丽的鸽往往是小个儿。

大个子的，长嘴儿的，可也有用处。大个子的身强力壮翅子硬，能飞，能尾上戴鸽铃，所以它们是空中的主力军。别的鸽子好看，可供地上玩赏；这些老粗儿们是飞起来才见本事，故而也还被人爱。长翅儿也有用，孵小鸽子是它们的事：它们的嘴长，"喷"得好——小鸽不会自己吃东西，得由老鸽嘴对嘴地"喷"。再说呢，喷的时候，老的胸部羽毛便糙了；谁也不肯这么牺牲好鸽。好鸽下的蛋，总被人拿来交与丑鸽去孵，丑鸽本来不值钱，身上糙旧一点也没关系。要做鸽就得美呀，不然便很苦了。

有的丑鸽，仿佛知道自己的相貌不扬，便长点特别的本事以与美鸽竞争。有力气戴大鸽铃便是一例。可是有力气还不怎样新奇，所以有的能在空中翻跟头。会翻跟头的鸽在与朋友们一块飞起的时候，能飞着飞着便离群而翻几个跟头，然后再飞上去加入鸽群，然后又独自翻下来。这很好看，假若它是白色的，就好像由蓝空中落下一团雪来似的。这种鸽的身体很小，面貌可不见得美。它有个标识，即在项上有一小撮毛儿，倒长着。这一撮倒毛儿好像老在那儿说："你瞧，我会翻跟头！"这种鸽还有个特点，脚上有毛儿，像诸葛亮的羽扇似的。一走，便扑喳扑喳的，很有神气。不会翻跟头的可也有时候长着毛脚。这类鸽多半是全灰全白或全黑的。羽毛不佳，可是有本事呢。

为养毛脚鸽，须盖灰顶的房，不要瓦。因为瓦的棱儿往往伤了毛脚而流出血来。

哎呀！我说"先说鸽子"，已经三千多字了，还没说完！好吧，下回接着说鸽子吧，假若有人爱听。我的题目《小动物们》，似乎也有加上个"鸽"的必要了。

夏之一周间

　　我与学界的人们一同分润寒假暑假的"寒"与"暑","假"字与我老不发生关系似的。寒与暑并不因此而特别的留点情;可是,一想及拉车的、当巡警的、卖苦力气的,我还抱怨什么?而且假期到底是假期,晚起个三两分钟到底不会耽误了上堂;暂时不做铜铃的奴隶也总得算偌大的自由!况且没有粉笔面子的"双"薰——对不起,一对鼻孔总是一齐吸气,还没练成"单吸"的功夫,虽然做了不少年的教员。

　　整理已讲过的讲义,预备下学期的新教材,这把"念读写作,四者缺一不可"的功夫已做足。此外,还要写小说呢。教员兼写家,或写家兼教员,无论怎样排列吧,这是最时兴的事。单干哪一行也不够养家的,况且我还养着一只小猫!幸而教员兼车夫,或写家兼屠户,还没大行开,这在像中国这么文明的国家里,还不该念佛?

　　闹钟的铃自一放学就停止了工作,可是没在六点后起来过,小说的人物总是在天亮左右便在脑中开了战事;设若不乘着打得正欢的时候把他们捉住,这一天,也许是两三天,不用打算顺当地调动他们,不管你吸多少支香烟，他们总是在面前耍鬼脸，及至你一伸手，他们全跑得连个影儿也看不见。早起的鸟捉住虫儿，写小说的也如此。

这决不是说早起可以少出一点汗。在济南的初伏以前而打算不出汗，除非离开济南。早晨，晌午，晚间，夜里，毛孔永远川流不息；只要你一眨巴眼，或叫声"球"——那只小猫——得，遍体生津。早起决不为少出汗，而是为拿起笔来把汗吓回去。出汗的工作是人人怕的，连汗的本身也怕。一边写，一边流汗；越流汗越写得起劲；汗知道你是与它拼个你死我活，它便不流了。这个道理或者可以从《易经》里找出来，但是我还没有工夫去检查。

自六点至九点，也许写成五百字，也许写成三千字，假如没有客人来的话。五百字也好，三千字也好，早晨的工作算是结束了。值得一说的是：写五百字比写三千的时候要多吸至少七八支香烟，吸烟能助文思不永远灵验，是不是还应当多给文曲星烧股高香？

九点以后，写信——写信！老得写信！希望邮差再大罢工一年！——浇浇院中的草花，和小猫在地上滚一回，然后读欧·亨利。这一闹哄就快十二点了。吃午饭；也许只是闻一闻；夏天闻闻菜饭便可以饱了的。饭后，睡大觉，这一觉非遇见非常的事件是不能醒的。打大雷，邻居小夫妇吵架，把水缸从墙头掷过来……只是不希望地震，虽然它准是最有效的。醒了，该弄讲义了，多少不拘，天天总弄出一点来。六点，又吃饭。饭后，到齐大的花园去走半点钟，这是一天中挺直脊骨的特许期间，廿四点钟内挺两刻钟的脊骨好像有什么卫生神术在其中似的，不过，挺着胸膛走到底是壮观的；究竟挺直了没有自然是另一问题，未便深究。

挺背运动完毕，回家。屋子里比烤面包的炉子的热度高着多少？无从知道，因为没有寒暑表。屋内的蚊子还没都被烤死呢，我放心了。洗个澡，在院中坐一会儿，听着街上卖汽水、冰激凌的吆喝。心静自然凉，我永远不喝汽水，不吃冰激凌；香片茶是我一年到头的唯一饮料，多咱香片茶是由外洋贩来我便不喝了。九点钟前后就去睡，不管多热，我永远地躺下——有时还没有十分躺好——便能入梦。身体弱多睡觉，是我的格言。一气睡到天明，又该起来拿笔吓走汗了。

过去的一周就是这么过去的；没读过一张报纸，不做亡国的事的，与做亡国的事的，或者都不大爱读新闻纸；我是哪一等人呢？良心上分吧。

北京的春节

按照北京的老规矩，过农历的新年（春节），差不多在腊月的初旬就开头了。"腊七腊八，冻死寒鸦"，这是一年里最冷的时候。可是，到了严冬，不久便是春天，所以人们并不因为寒冷而减少过年与迎春的热情。在腊八那天，人家里、寺观里，都熬腊八粥。这种特制的粥是祭祖祭神的。可是细一想，它倒是农业社会的一种自傲的表现——这种粥是用所有的各种的米、各种的豆，与各种的干果（杏仁、核桃仁、瓜子、荔枝肉、桂圆肉、莲子、花生米、葡萄干、菱角米……）熬成的。这不是粥，而是小型的农业展览会。

腊八这天还要泡腊八蒜。把蒜瓣在这天放到高醋里，封起来，为过年吃饺子用的。到年底，蒜泡得色如翡翠，而醋也有了些辣味，色味双美，使人要多吃几个饺子。在北京，过年时，家家吃饺子。

从腊八起，铺户中就加紧地上年货，街上加多了货摊子——卖春联的、卖年画的、卖蜜供的、卖水仙花的等等都是只在这一季节才会出现的。这些赶年的摊子都教儿童们的心跳得特别快一些。在胡同里，吆喝的声音也比平时更多更复杂起来，其中也有仅在腊月才出现的，像卖宪书的、松枝的、薏仁米的、年糕的等。

在有皇帝的时候，学童们到腊月十九日就不上学了，放年假一月。儿童们准备过年，差不多第一件事是买杂拌儿。这是用各种干果（花生、胶枣、榛子、栗子等）与蜜饯掺和成的，普通的带皮，高级的没有皮——例如：普通的用带皮的榛子，高级的就用榛瓤儿。儿童们喜吃这些零七八碎儿，即使没有饺子吃，也必须买杂拌儿。他们的第二件大事是买爆竹，特别是男孩子们。恐怕第三件事才是买玩意儿——风筝、空竹、口琴等——和年画儿。

儿童们忙乱，大人们也紧张。他们须预备过年吃的使的喝的一切。他们也必须给儿童赶快做新鞋新衣，好在新年时显出万象更新的气象。

二十三日过小年，差不多就是过新年的"彩排"。在旧社会里，这天晚上家家祭灶王，从一擦黑儿鞭炮就响起来，随着炮声把灶王的纸像焚化，美其名叫送灶王上天。在前几天，街上就有多少多少卖麦芽糖与江米糖的，糖形或为长方块或为大小瓜形。按旧日的说法：有糖粘住灶王的嘴，他到了天上就不会向玉皇报告家庭中的坏事了。现在，还有卖糖的，但是只由大家享用，并不再粘灶王的嘴了。

过了二十三，大家就更忙起来，新年眨眼就到了啊。在除夕以前，家家必须把春联贴好，必须大扫除一次，名曰扫房。必须把肉、鸡、鱼、青菜、年糕什么的都预备充足，至少足够吃用一个星期的——按老习惯，铺户多数关五天门，到正月初六才开张。假若不预备下几天的吃食，临时不容易补充。还有，旧社会里的老妈妈论，讲究在除夕把一切该切出来的东西都切出来，省得在正月初一到初五再动刀，动刀剪是不吉利的。这含有迷信的意思，不过它也表现了我们确是爱和平的人，在一岁之首连切菜刀都不愿动一动。

除夕真热闹。家家赶做年菜，到处是酒肉的香味。老少男女都穿起新衣，门外贴好红红的对联，屋里贴好各色的年画，哪一家都灯火通宵，不许间断，炮声日夜不绝。在外边做事的人，除非万不得已，必定赶回家来，吃团圆饭，祭祖。这一夜，除了很小的孩子，没有什么人睡觉，而都要守岁。

元旦的光景与除夕截然不同：除夕，街上挤满了人；元旦，铺户都上着板子，门前堆着昨夜燃放的爆竹纸皮，全城都在休息。

男人们在午前就出动，到亲戚家、朋友家去拜年。女人们在家中接待客人。同时，城内城外有许多寺院开放，任人游览，小贩们在庙外摆摊、卖茶、食品和各种玩具。北城外的大钟寺、西城外的白云观、南城的火神庙（厂甸）是最有名的。可是，开庙最初的两三天，并不十分热闹，因为人们还正忙着彼此贺年，无暇及此。到了初五六，庙会开始风光起来，小孩们特别热心去逛，为的是到城外看看野景，可以骑毛驴，还能买到那些新年特有的玩具。白云观外的广场上有赛轿车赛马的；在老年间，据说还有赛骆驼的。这些比赛并不争取谁第一谁第二，而是在观众面前表演骡马与骑者的美好姿态与技能。

多数的铺户在初六开张，又放鞭炮，从天亮到清早，全城的炮声不绝。虽然开了张，可是除了卖吃食与其他重要日用品的铺子，大家并不很忙，铺中的伙计们还可以轮流着去逛庙、逛天桥和听戏。

元宵（汤圆）上市，新年的高潮到了——元宵节（从正月十三到十七）。除夕是热闹的，可是没有月光；元宵节呢，恰好是明月当空。

元旦是体面的，家家门前贴着鲜红的春联，人们穿着新衣裳，可是它还不够美。元宵节，处处悬灯结彩，整条的大街像是办喜事，火炽而美丽。有名的老铺都要挂出几百盏灯来，有的一律是玻璃的，有的清一色是牛角的，有的都是纱灯；有的各形各色，有的通通彩绘全部《红楼梦》或《水浒传》故事。这，在当年，也就是一种广告；灯一悬起，任何人都可以进到铺中参观；晚间灯中都点上烛，观者就更多。这广告可不庸俗。干果店在灯节还要做一批杂拌儿生意，所以每每独出心裁的，制成各样的冰灯，或用麦苗做成一两条碧绿的长龙，把顾客招来。

除了悬灯，广场上还放花盒。在城隍庙里并且燃起火判，火舌由判官的泥像的口、耳、鼻、眼中伸吐出来。公园里放起天灯，像巨星似的飞到天空。

男男女女都出来踏月、看灯、看焰火；街上的人拥挤不动。在旧社会里，女人们轻易不出门，她们可以在灯节里得到些自由。

小孩子们买各种花炮燃放，即使不跑到街上去淘气，在家中也照样能有声有光地玩耍。家中也有灯：走马灯——原始的电影——宫灯、各形各色的纸灯，还有纱灯，里面有小铃，到时候就叮叮地响。大家还必须吃汤圆呀。这的确是美好快乐的日子。

一眨眼，到了残灯末庙，学生该去上学，大人又去照常做事，新年在正月十九结束了。腊月和正月，在农村社会里正是大家最闲在的时候，而猪牛羊等也正长成，所以大家要杀猪宰羊，酬劳一年的辛苦。过了灯节，天气转暖，大家就又去忙着干活了。北京虽是城市，可是它也跟着农村社会一齐过年，而且过得分外热闹。

在旧社会里，过年是与迷信分不开的。腊八粥、关东糖、除夕的饺子，都须先去供佛，而后人们再享用。除夕要接神；大年初二要祭财神、吃元宝汤（馄饨），而且有的人要到财神庙去借纸元宝，抢烧头股香。正月初八要给老人们顺星、祈寿。因此那时候最大的一笔浪费是买香蜡纸马的钱。现在，大家都不迷信了，也就省下这笔开销，用到有用的地方去。特别值得提到的是现在的儿童只快活地过年，而不受那迷信的熏染，他们只有快乐，而没有恐惧——怕神怕鬼。也许，现在过年没有以前那么热闹了，可是多么清醒健康呢。以前，人们过年是托神鬼的庇佑，现在是大家劳动终岁，大家也应当快乐地过年。

济南的药集

今年的药集是从四月廿五日起，一共开半个月——有人说今年只开三天，中国事向来是没准儿的。地点在南券门街与三和街。这两条街是在南关里，北口在正觉寺街，南头顶着南围子墙。

嗬！药真多！越因为我不认识它们越显着多！

每逢我到大药房去，我总以为各种瓶子中的黄水全是硫酸，白的全是蒸馏水，因为我的化学知识只限于此。但是药房的小瓶小罐上都有标签，并不难于检认；假若我害头疼，而药房的人给我硫酸喝，我决不会答应他的。到了药集，可是真没有法儿了！一捆一捆、一袋一袋、一包一包，全是药材，全没有标签！而且买主只问价钱，不问名称，似乎他们都心有成"药"；我在一旁参观，只觉得腿酸，一点知识也得不到！

但是，我自有办法。橘皮、干向日葵、竹叶、荷梗、益母草，我都认得：那些不认识的粗草细草长草短草呢？好吧，长的都算柴胡，短的都算——什么也行吧，看那柴胡，有多少种呀；心中痛快多了！

关于动物的，我也认识几样：马蜂窝、整个的干龟、蝉蜕、僵蚕，还有椿蹦儿。这么一样的药名和拉丁名，我全不知道，只晓得这是椿树上的飞虫，鲜红的翅儿，翅上有花点，很好玩，北平人管它们叫椿蹦儿；它们能治什么病呢？还看见了羚羊，原来是一串黑亮的小球；为什么羚羊应当是小黑球呢？也许有人知道。还有两对狗爪似的东西，莫非是熊掌？犀角没有看见，狗宝、牛黄也不知是什么样子，设若牛黄应像老倭瓜，我确是看见了好几个貌似干倭瓜的东西。最失望的是没有看见人中黄，莫非药铺的人自己能供给，所以集上无须发售吧？也许是用锦匣装着，没能看到？

矿物不多，石膏、大白，是我认识的；有些大块的红石头便不晓得是什么了。

草药在地上放着，熟药多在桌上摆着。万应锭、狗皮膏之类，看看倒还漂亮。

此外还有非药性的东西，如草纸与东昌纸等；还有可作药用也可作食品的东西，如山楂片、核桃、酸枣、莲子、薏仁米等。大概那些不识药性的游人，都是为买这些东西来的。价钱确是便宜。

我很爱这个集：第一，我觉得这里全是国货；只有人参使我怀疑有洋参的可能，那些种柴胡和那些马蜂窝看着十二分道地，决不会是舶来品。第二，卖药的人们非常安静，一点不吵不闹；也非常的和蔼，虽然要价有点虚谎，可是还价多少总不出恶声。第三，我觉得到底中国药（应简称为“国药”）比西洋药好，因为“国药”吃下去不管治病与否，至少能帮助人们增长抵抗力。这怎么讲呢？看，橘皮上有多么厚的黑泥，柴胡们带着多少沙土与马粪；这些附带的黑泥与马粪，吃下去一定会起一种作用，使胃中多一些以毒攻毒的东西。假如橘皮没有什么力量，这附带的东西还能补充一些。西洋药没有这些附带品，自然也不会发生附带的效力。哪位医生敢说对下药有十二分的把握吗？假如药不对症，而药品又没有附带物，岂不是大大的危险！"国药"全有附带物，谁敢说大多数的病不是被附带物治好的呢？第四，到底是中国，处处事事带着古风：咱们的祖先遍尝百草，到如今咱们依旧是这样，大概再过一万八千年咱们还是这样。我虽然不主张复古，可是热烈地想保存古风的自大有人在，我不能不替他们欣喜。第五，从今年夏天起，我一定见着马蜂窝、大蝎子、烂树叶，就收藏起来；人有旦夕祸福，谁知道什么时候生病呢！万一真病了，有的是现成的马蜂窝等，挑选一个吃下去，治病是其一，没人说你是共产党是其二。

逛完了集，出了巷口，看见一大车牛马皮，带着毛还没制成革，不知是否也是药材。

有了小孩以后

　　艺术家应以艺术为妻，实际上就是当一辈子光棍儿。在下闲暇无事，往往写些小说，虽一回还没自居过文艺家，却也感觉到家庭的累赘。每逢困于油盐酱醋的灾难中，就想到独人一身，自己吃饱便天下太平，岂不妙哉。

　　家庭之累，大半由儿女造成。先不用提教养的花费，只就淘气哭闹而言，已足使人心慌意乱。小女三岁，专会等我不在屋中，在我的稿子上画圈拉杠，且美其名曰"小济会写字"！把人要气没了脉，她到底还是有理！再不然，我刚想起一句好的，在脑中盘旋，自信足以愧死莎士比亚，假若能写出来的话。当是时也，小济拉拉我的肘，低声说："上公园看猴？"于是我至今还未成莎士比亚。小儿一岁整，还不会"写字"，也不晓得去看猴，但善亲亲，闭眼，张口展览上下四个小牙。我若没事，请求他闭眼，露牙，小胖子总会东指西指地打岔。赶到我拿起笔来，他那一套全来了，不但亲脸，闭眼，还"指"令我也得表演这几招。有什么办法呢？！

这还算好的。赶到小济午后不睡，按着也不睡，那才难办。到这么四点来钟吧，她的困闹开始，到五点钟我已没有人味。什么也不对，连公园的猴都变成了臭的，而且猴之所以臭，也应当由我负责。小胖子也有这种困而不睡的时候，大概多数是与小济同时发难。两位小醉鬼一齐找毛病，我就是诸葛亮恐怕也得唱空城计，一点办法没有！在这种干等束手被擒的时候，偏偏会来一两封快信——催稿子！我也只好闹脾气了。不大一会儿，把太太也闹急了，一家大小四口，都成了醉鬼，其热闹至为惊人。大人声言离婚，小孩怎说怎不是，于离婚的争辩中瞎打混。一直到七点后，二位小天使已困得动不得，离婚的宣言才无形地撤销。这还算好的。遇上小胖子出牙，那才真教厉害，不但白天没有情理，夜里还得上夜班。一会儿一醒，若被针扎了似的惊啼，他出牙，谁也不用打算睡。他的牙出利落了，大家全成了红眼虎。

不过，这一点也不妨碍家庭中爱的发展，人生的巧妙似乎就在这里。记得 Frank Harris 仿佛有过这么点记载：他说王尔德为那件不名誉的案子过堂被审，一开头他侃侃而谈，语多幽默。及至原告提出几个男妓做证人，王尔德没了脉，非失败不可了。Harris 以为王尔德必会说："我是个戏剧家，为观察人生，什么样的人都当交往。假若我不和这些人接触，我从哪里去找戏剧中的人物呢？"可是，王尔德竟自没这么答辩，官司就算输了！

把王尔德且放在一边；艺术家得多去经验，Harris 的意见，假若不是特为王尔德而发的，的确是不错。连家庭之累也是如此。还拿小孩们说吧——这才来到正题——爱他们吧，嫌他们吧，无论怎说，也是极可宝贵的经验。

在没有小孩的时候，一个人的世界还是未曾发现美洲的时候的。小孩是科仑布❶，把人带到新大陆去。这个新大陆并不很远，就在熟习的街道上和家里。你看，街市上给我预备的，在没有小孩的时候，似乎只有理发馆、饭铺、书店、邮政局等。我想不出婴儿医院、糖食店、玩具铺等的意义。连药房里的许许多多婴儿用的药和粉、报纸上婴儿自己药片的广告、百货店里的小袜子小鞋，都显着多此一举，劳而无功。及至小天使自天飞降，我的眼睛似乎戴上了一双放大镜，街市依然那样，跟我有关系的东西可是不知增加了多少倍！婴儿医院不但挂着牌子，敢情里边还有医生呢。不但有医生，还是挺神气，一点也得罪不得。拿着医生所给的神符，到药房去，敢情那些小瓶子小罐都有作用。不但要买瓶子里的白汁黄面和各色的药饼，还得买瓶子罐子、轧粉的钵、量奶的漏斗、乳头、卫生尿布，玩意多多了！百货店里那些小衣帽、小家具，也都有了意义；原先以为多此一举的东西，如今都成了非它不行；有时候铺中缺了我所要的那一件小物品，我还大有看不起他们的意思：既是百货店，怎能不预备这件东西呢？！慢慢的，全街上的铺子，除了金店与古玩铺，都有了我的足迹；连当铺也走得怪熟。铺中人也渐渐熟识了，甚至可以随便闲谈，以小孩为中心，谈得颇有味儿。伙计们、掌柜们，原来不仅是站柜做买卖，家中还有小孩呢！有的铺子，竟自敢允许我欠账，仿佛一有了小孩，我的人格也好了些，能被人信任。三节的账条来得很踊跃，使我明白了过节过年的时候怎样出汗。

小孩使世界扩大，使隐藏着的东西都显露出来。非有小孩不能明

❶　现通译为"哥伦布"。

白这个。看着别人家的孩子，肥肥胖胖，整整齐齐，你总觉得小孩们理应如此，一生下来就戴着小帽，穿着小袄，好像小雏鸡生下来就披着一身黄绒似的。赶到自己有了小孩，才能晓得事情并不这么简单。一个小娃娃身上穿戴着全世界的工商业所能供给的，给全家人以一切啼笑爱怨的经验，小孩的确是位小活神仙！

有了小活神仙，家里才会热闹。窗台上，我一向认为是摆花的地方。夏天呢，开着窗，风儿轻轻吹动花与叶，屋中一阵阵的清香。冬天呢，阳光射到花上，使全屋中有些颜色与生气。后来，有了小孩，那些花盆很神秘地都不见了，窗台上满是瓶子罐子，数不清有多少。尿布有时候上了写字台，奶瓶倒在书架上。大扫除才有了意义，是的，到时候非痛痛快快地收拾一顿不可了，要不然东西就有把人埋起来的危险。上次大扫除的时候，我由床底下找到了但丁的《神曲》。不知道这老家伙干吗在那里藏着玩呢！

人的数目也增多了，而且有很多问题。在没有小孩的时候，用一个仆人就够了，现在至少得用俩。以前，仆人"拿糖"，满可以暂时不用；没人做饭，就外边去吃，谁也不用拿捏谁。有了小孩，这点豪气乘早收起去。三天没人洗尿布，屋里就不要再进来人。牛奶等项是非有人管理不可，有儿方知卫生难，奶瓶子一天就得烫五六次；没仆人简直不行！有仆人就得捣乱，没办法！

好多没办法的事都得马上有办法，小孩子不会等着"国联"慢慢解决儿童问题。这就长了经验。半夜里去买药，药铺的门上原来有个小口，可以交钱拿药，早先我就不晓得这一招。西药房里敢情也打价钱，不等他开口，我就提出："还是四毛五？"这个"还是"使我省五分钱，而且落个行家。这又是一招。找老妈子有作坊，当票儿到期还可以入利延期，也都被我学会。没工夫细想，大概自从有了儿女以后，我所得的经验至少比一张大学文凭所能给我的多着许多。大学文凭是由课本里掏出来的，现在我却念着一本活书，没有头儿。

连我自己的身体现在都会变形，经小孩们的指挥，我得去装马装牛，还须装得像个样儿。不但装牛像牛，我也学会牛的忍性，小胖子觉得"开步走"有意思，我就得百走不厌；只做一回，绝对不行。多咱他改了主意，多咱我才能"立正"。在这里，我体验出母性的伟大，觉得打老婆的人们满该下狱。

中秋节前来了个老道，不要米、不要钱，只问有小孩没有？看见了小胖子，老道高了兴，说十四那天早晨须给小胖子左腕上系一根红线。备清水一碗，烧高香三炷，必能消灾除难。右邻家的老太太也出来看，老道问她有小孩没有，她惨淡地摇了摇头。到了十四那天，倒是这位老太太的提醒，小胖子的左腕上才拴了一圈红线。小孩子征服了老道与邻家老太太。一看胖手腕的红线，我觉得比写完一本伟大的作品还骄傲，于是上街买了两尊兔子王，感到老道、红线、兔子王，都有绝大的意义！

第三辑　物是人非

生命是母亲给我的，
我之能长大成人，
是母亲的血汗灌养的；
我之能成为一个不十分坏的人，
是母亲感化的。
人，即使活到八九十岁，
有母亲便可以多少还有点孩子气。

我的母亲

母亲的娘家是在北平德胜门外，土城儿外边，通大钟寺的大路上的一个小村里。村里一共有四五家人家，都姓马。大家都种点不十分肥美的地，但是与我同辈的兄弟们，也有当兵的、做木匠的、做泥水匠的，和当巡警的。他们虽然是农家，却养不起牛马，人手不够的时候，妇女便也须下地做活。

对于姥姥家，我只知道上述的一点。外公外婆是什么样子，我就不知道了，因为他们早已去世。至于更远的族系与家史，就更不晓得了；穷人只能顾眼前的衣食，没有工夫谈论什么过去的光荣；"家谱"这字眼，我在幼年就根本没有听说过。

母亲生在农家，所以勤俭诚实，身体也好。这一点事实却极重要，因为假若我没有这样的一位母亲，我之为我恐怕也就要大大地打个折扣了。

母亲出嫁大概是很早，因为我的大姐现在已是六十多岁的老太婆，而我的大甥女还长我一岁啊。我有三个哥哥、四个姐姐，但能长大成人的，只有大姐、二姐、三姐、三哥与我。我是"老"儿子。生我的时候，母亲已有四十一岁，大姐二姐都出了阁。

由大姐与二姐所嫁入的家庭来推断，在我生下之前，我的家里，大概还马马虎虎地过得去。那时候订婚讲究门当户对，而大姐丈是做小官的，二姐丈也开过一间酒馆，他们都是相当体面的人。

可是，我，我给家庭带来了不幸：我生下来，母亲晕过去半夜，才睁眼看见她的老儿子——感谢大姐，把我揣在怀中，致未冻死。

一岁半，我把父亲"剋"死了。

兄不到十岁，三姐十二三岁，我才一岁半，全仗母亲独力抚养了。父亲的寡姐跟我们一块儿住，她吸鸦片，她喜摸纸牌，她的脾气极坏。为我们的衣食，母亲要给人家洗衣服，缝补或裁缝衣裳。在我的记忆中，她的手终年是鲜红微肿的。白天，她洗衣服，洗一两大绿瓦盆。她做事永远丝毫也不敷衍，就是屠户们送来的黑如铁的布袜，她也给洗得雪白。晚间，她与三姐抱着一盏油灯，还要缝补衣服，一直到半夜。她终年没有休息，可是在忙碌中她还把院子、屋中收拾得清清爽爽。桌椅都是旧的，柜门的铜活久已残缺不全，可是她的手老使破桌面上没有尘土，残破的铜活发着光。院中，父亲遗留下的几盆石榴与夹竹桃，永远会得到应有的浇灌与爱护，年年夏天开许多花。

哥哥似乎没有同我玩耍过。有时候，他去读书；有时候，他去学徒；有时候，他也去卖花生或樱桃之类的小东西。母亲含着泪把他送走，不到两天，又含着泪接他回来。我不明白这都是什么事，而只觉得与他很生疏。与母亲相依为命的是我与三姐。因此，他们做事，我老在后面跟着。他们浇花，我也张罗着取水；他们扫地，我就撮土……

从这里，我学得了爱花、爱清洁、守秩序。这些习惯至今还被我保存着。

有客人来，无论手中怎么窘，母亲也要设法弄一点东西去款待。舅父与表哥们往往是自己掏钱买酒肉食，这使她脸上羞得飞红，可是殷勤地给他们温酒做面，又给她一些喜悦。遇上亲友家中有喜丧事，母亲必把大褂洗得干干净净，亲自去贺吊——份礼也许只是两吊小钱。到如今为我的好客的习性，还未全改，尽管生活是这么清苦，因为自幼儿看惯了的事情是不易改掉的。

姑母常闹脾气。她单在鸡蛋里找骨头。她是我家中的阎王。直到我入了中学，她才死去，我可是没有看见母亲反抗过。"没受过婆婆的气，还不受大姑子的吗？命当如此！"母亲在非解释一下不足以平服别人的时候，才这样说。是的，命当如此。母亲活到老，穷到老，辛苦到老，全是命当如此。她最会吃亏。给亲友邻居帮忙，她总跑在前面：她会给婴儿洗三——穷朋友们可以因此少花一笔"请姥姥"钱——她会刮痧，她会给孩子们剃头，她会给少妇们绞脸……凡是她能做的，都有求必应。但是吵嘴打架，永远没有她。她宁吃亏，不逗气。当姑母死去的时候，母亲似乎把一世的委屈都哭了出来，一直哭到坟地。不知道哪里来的一位侄子，声称有承继权，母亲便一声不响，教他搬走那些破桌子烂板凳，而且把姑母养的一只肥母鸡也送给他。

可是，母亲并不软弱，父亲死在庚子闹"拳"的那一年。联军入城，挨家搜索财物鸡鸭，我们被搜两次。母亲拉着哥哥与三姐坐在墙根，等着"鬼子"进门，街门是开着的。"鬼子"进门，一刺刀先把老黄狗刺死，而后入室搜索。他们走后，母亲把破衣箱搬起，才发现了我。假若箱子不空，我早就被压死了。皇上跑了，丈夫死了，鬼子来了，满城是血光火焰，可是母亲不怕，她要在刺刀下、饥荒中，保护着儿女。北平有多少变乱啊，有时候兵变了，街市整条地烧起，火团落在我们院中。有时候内战了，城门紧闭，铺店关门，昼夜响着枪炮。这惊恐，这紧张，再加上一家饮食的筹划、儿女安全的顾虑，岂是一个软弱的老寡妇所能受得起的？可是，在这种时候，母亲的心横起来，她不慌不哭，要从无办法中想出办法来。她的泪会往心中落！这点软而硬的性格，也传给了我。我对一切人与事，都取和平的态度，把吃亏看作当然的。但是，在做人上，我有一定的宗旨与基本的法则，什么事都可将就，而不能超过自己画好的界限。我怕见生人，怕办杂事，怕出头露面；但是到了非我去不可的时候，我便不敢不去，正像我的母亲。从私塾到小学、到中学，我经历过起码有二十位教师吧，其中有给我很大影响的，也有毫无影响的，但是我的真正的教师，把性格传给我的，是我的母亲。母亲并不识字，她给我的是生命的教育。

当我在小学毕了业的时候，亲友一致地愿意我去学手艺，好帮助母亲。我晓得我应当去找饭吃，以减轻母亲的勤劳困苦。可是，我也愿意升学。我偷偷地考入了师范学校——制服、饭食、书籍、宿处，都由学校供给。只有这样，我才敢对母亲说升学的话。入学，要交十圆的保证金。这是一笔巨款！母亲作了半个月的难，把这巨款筹到，而后含泪把我送出门去。她不辞劳苦，只要儿子有出息。当我由师范毕业，而被派为小学校校长，母亲与我都一夜不曾合眼。我只说了句："以后，您可以歇一歇了！"她的回答只有一串串的眼泪。我入学之后，三姐结了婚。母亲对儿女是都一样疼爱的，但是假若她也有点偏爱的话，她应当偏爱三姐，因为自父亲死后，家中一切的事情都是母亲和三姐共同撑持的。三姐是母亲的右手。但是母亲知道这右手必须割去，她不能为自己的便利而耽误了女儿的青春。当花轿来到我们的破门外的时候，母亲的手就和冰一样的凉，脸上没有血色——那是阴历四月，天气很暖。大家都怕她晕过去。可是，她挣扎着，咬着嘴唇，手扶着门框，看花轿徐徐地走去。不久，姑母死了。三姐已出嫁，哥哥不在家，我又住学校，家中只剩母亲自己。她还须自晓至晚地操作，可是终日没人和她说一句话。新年到了，正赶上政府倡用阳历，不许过旧年。除夕，我请了两小时的假。由拥挤不堪的街市回到清炉冷灶的家中。母亲笑了。及至听说我还须回校，她愣住了。半天，她才叹出一口气来。到我该走的时候，她递给我一些花生，"去吧，小子！"街上是那么热闹，我却什么也没看见，泪遮迷了我的眼。今天，泪又遮住了我的眼，又想起当日孤独地过那凄惨的除夕的慈母。可是慈母不会再候盼着我了，她已入了土！

儿女的生命是不依顺着父母所设下的轨道一直前进的，所以老人总免不了伤心。我二十三岁，母亲要我结了婚，我不要。我请来三姐给我说情，老母含泪点了头。我爱母亲，但是我给了她最大的打击。时代使我成为逆子。二十七岁，我上了英国。为了自己，我给六十多岁的老母以第二次打击。在她七十大寿的那一天，我还远在异域。那天，据姐姐们后来告诉我，老太太只喝了两口酒，很早地便睡下。她想念她的幼子，而不便说出来。

"七七"抗战后，我由济南逃出来。北平又像庚子那年似的被鬼子占据了，可是母亲日夜惦念的幼子却跑西南来。母亲怎样想念我，我可以想象得到，可是我不能回去。每逢接到家信，我总不敢马上拆看，我怕，怕，怕，怕有那不祥的消息。人，即使活到八九十岁，有母亲便可以多少还有点孩子气。失了慈母便像花插在瓶子里，虽然还有色有香，却失去了根。有母亲的人，心里是安定的。我怕，怕，怕家信中带来不好的消息，告诉我已是失了根的花草。

去年一年，我在家信中找不到关于老母的起居情况。我疑虑，害怕。我想象得到，若有不幸，家中念我流亡孤苦，或不忍相告。母亲的生日是在九月，我在八月半写去祝寿的信，算计着会在寿日之前到达。信中嘱咐千万把寿日的详情写来，使我不再疑虑。十二月二十六日，由文化劳军的大会上回来，我接到家信。我不敢拆读，就寝前，我拆开信，母亲已去世一年了！

生命是母亲给我的。我之能长大成人，是母亲的血汗灌养的。我之能成为一个不十分坏的人，是母亲感化的。我的性格、习惯，是母亲传给的。她一世未曾享过一天福，临死还吃的是粗粮。唉！还说什么呢？心痛！心痛！

代语堂先生拟赴美宣传大纲

话说林语堂先生，头戴纱帽盔，上面两个大红丝线结子；遮目的是一对崂山水晶墨镜，完全接近自然，一点不合科学的制法。身上穿着一件宝蓝团龙老纱大衫，铜钮扣，没有领子——因为反对洋服的硬领，所以更进一步地爽性光着脖子。脚上一双青大缎千层底圆口皂鞋，脚脖儿上豆青的绸带扎住裤口。右手里一把斑竹八根架纸扇，一面画的是淡墨山水，一面自己写的一小段舒白香游山日记——写得非常的好，因为每个字旁都由林先生自己画了双圈。左手提着云南制的水烟袋，托子是珐琅的，非常的古艳。

林先生的身上自然还有别的东西，一一地说来未免有点烦絮；总而言之，他身上没有一件足以惹人怀疑是否国产的物品。这倒不全为提倡国货；每一件东西都是顶古雅精美的，顺手儿也宣传着东方文化。

林先生本打算雇一条带帆的渔船，或西湖上的游艇，在太平洋里一面钓着鱼，一面缓缓前进。这个办法既足以证实他的艺术生活，又足以使两个老渔夫或一对船娘能自食其力地挣口饭吃——后者恐怕是这个计划的主要目的。不过，即使大家都不怕慢，走上三五个月满不在乎，可是小船——虽然是那么有画意——恐怕干不过海洋里的风浪。真要是把老渔夫或船娘都喂了海鱼，未免有悖于人道主义。算了吧，只好坐海船吧。

为减少轮船上的俗气与洋味，林先生带着个十岁的小书童：头上梳着两个抓髻，系着鲜红的头绳。林先生坐在甲板上的藤椅上，书童捧着瑶琴一旁侍立。琴上无弦，省得去弹；只是个"意思"而已。

一"海"无话，林先生吃得胖胖的，就到了美国。船一到码头，新闻记者如蜜蜂一般拥上前来，全是找林先生的。林先生命书童点起檀香，提着景泰蓝香炉在前引路，徐徐地前进。新闻记者围上前来，林先生深感不快，乃慢声曰："吾乃——'吾国吾民'之著者是也！没别的可说！"众畏其威，乃退。不过，林先生的相，在他没甚留神的时候，已被他们照了去；在当日的晚报就登印出来。

歇兵三日，林先生拟出宣传大纲：

一、男人应否怕老婆——阳纲不振为西方文化之大毛病。予之来所以使懦夫立也——林先生的文字是文言与白话两掺着的，特别是在草拟大纲的时候。公鸡打鸣，母鸡生蛋，天然有别。不可强易。男女平等，本是男的种田，女的纺线，各尽其职之谓。反之，像英美各国，男儿拼命挣钱，老婆不管洗衣做饭；哪道婚姻，什么平等！妇道不修，于是在恋爱之前已打听好怎样离婚，以便争取生活费，哀哉！中国古圣先贤都说夫为妻纲，已预知此害；西方无此种圣人，故大吃其亏。宜速迎东方活圣人一位，封为国师！

二、男人怎样可以不怕老婆——在今日的中国，怕老婆者穿洋服。

与夫人同行，代她拿伞、抱孩子。洋服者，西洋之服，自古已然，怕老婆非一日矣！为今之计，西洋男子应马上改穿中服，以免万劫茫茫。中服威严，虽贾波林穿上亦无局促瘦窘之相。望而生畏，女人不敢大发雌威矣。中服舒服，男人知道求舒服，女人即知责任之所在；反之，自上锁镣，硬领皮鞋，以示甘受苦刑，则女人见景生情，必使跪着顶灯！猛醒吧，西洋男子！中服使人安详自在。气度安详，则威而不猛，增高身份。譬若老婆发了命令，穿大衫之丈夫可漫应之，Yes，dear；而许久不动，直至对方把命令改成央求，乃徐徐起立。穿西服之丈夫鲜能为此：洋服表示干净利落之精神，一闻令下，必须疾驱而前，显出敏捷脆快；Yes，dear，未及说完，早已一道闪光而去，脸上笑容充满宇宙。久之，夫人并发令之劳且厌之，而眉指颐使，丈夫遂成了专看眼神的动物！这还了得，西洋男子必须革命！

三、中西文化及其苍蝇——东方人的闲适，使苍蝇也得到自由；西方人的固执，苍蝇大受压迫。世界大同，虽是个理想，但总有实现之一日。以苍蝇言，在大同主义之下，必有其东方的自由，而受过西方科学的洗礼；"明日"之苍蝇必为消毒的苍蝇，活泼泼的而不负传染恶疾的责任。此事虽小，足以喻大；明乎此，可与言东西文化之交映成辉矣。（此项下还有许多节目，如中西文化及其蜈蚣，中西文化及其青蛙等，即不备录。）

四、东西的艺术及其将来：西方的艺术大体上说来，总免不了表现肉感，裸体画与雕刻是最明显的例子。东方的艺术，反之，却表现着清涤肉感，而给现实生活一些云烟林水之气。由这一点上来看，西方的精神是斑斓猛虎，有它的猛勇、活跃及直爽；东方的精神是淡远的秋林，有它的安闲、静恬，及含蓄。这样说来，仿佛各有所长，船多并不碍江。可是细那么一想，则东方的精神实在是西方文化的矫正，特别是在都市文化发达到出了毛病的时候——像今日。西方今日之需要静恬，就是没别的更好的办法，至少也须常常看到一种秋江夕照的图画（如林先生扇子上所画的那个），常常听到一种平沙落雁的音乐，而把客厅里悬着的大光眼儿、二光眼儿，一律暂时收起。光屁股艺术有它的直爽与健康，但乐园的亚当与夏娃并非只以一丝不挂为荣，还有林、花、虫、蝶之乐。况且假若他俩多注意些花鸟之趣，而一心无邪，恐怕到如今还住在那里——闲着画几幅山水儿什么的，给天使们鉴赏，岂不甚好？！

五、吾国与吾民——有书为证，顶好大家手执一册，焚香静读，你们多得些知识，我多收点版税，两有益的事儿。

六、幽默的意义与技巧——专为美国大学生讲；女生暂不招待，以使听完不懂得发笑，大煞风景。

七、中国今日的文艺——专为研究比较文学的讲演，听讲时须各携烟斗或香烟与洋火。讲题：①《论语》的创始与发展。②《人间世》的生灭。③《宇宙风》怎样刮风。

鲁迅先生逝世二周年纪念

我所认识的鲁迅先生,是从他的著作中见到的,我没有与他会过面。当鲁迅先生创造出阿Q的时候,我还没想到到文艺界来做一名小卒,所以就没有访问求教的机会与动机。及至先生住沪,我又不喜到上海去,故又难得相见。四年前的初秋,我到上海,朋友们约我吃饭,也约先生来谈谈。可是,先生的信须由一家书店转递;他第二天派人送来信,说:昨天的信送到得太晚了。我匆匆北返,二年的工夫没能再到上海,与先生见面的机会遂永远失掉!

在一本什么文学史书中(书名与著者都想不起来了),有大意是这样的一句话:"鲁迅自成一家,后起模拟者有老舍等人。"这话说得对,也不对。不对,因为我是读了些英国的文艺之后,才决定也来试试自己的笔,狄更斯是我在那时候最爱读的,下至于乌德豪司❶与哲扣

---

❶　现通译沃德豪斯(1881—1975),英国小说家、抒情诗人和剧作家。

布 ● 也都使我欣喜。这就难怪我一拿笔，便向幽默这边滑下来了。对，因为像阿Q那样的作品，后起的作家们简直没法不受他的影响；即使在文字与思想上不便去模仿，可是至少也要得到一些启示与灵感。它的影响是普遍的。一个后起的作家，尽管说他有他自己的创作的路子，可是他良心上必定承认他欠鲁迅先生一笔债。鲁迅先生的短文与小说才真使新文艺站住了脚，能与旧文艺对抗。这样，有人说我是"鲁迅派"，我当然不愿承认，可是绝不肯灭着良心否认阿Q的作者的伟大，与其作品的影响的普遍。

我没见过鲁迅先生，只能就着他的著作去认识他，可是现在手中连一本书也没有！不能引证什么了，凭他所给我的印象来做这篇纪念文字吧。这当然不会精密，容或还有很大的错误，可是一个人的著作能给读者以极强极深的印象，即使其中有不尽妥确之处，是多么不容易呢！看了泰山的人，不一定就认识泰山，但是泰山的高伟是他毕生所不能忘记的。他所看错的几点，并无害于泰山的伟大。

看看《鲁迅全集》的目录，大概就没人敢说：这不是个渊博的人。可是渊博二字还不是对鲁迅先生的恰好的赞词。学问渊博并不见得必是幸福。有的人，正因其渊博、博览群籍、出经入史，所以他反倒不敢道出自己的意见与主张，而取着述而不作的态度。这种人好像博物院的看守者，只能保守，而无所施展。有的人，因为对某种学问或艺术的精究博览，就慢慢地摆出学者的架子，把自己所知的那些视为研究的至上品，此外别无他物，值得探讨，自己的心得是前无古人、后

● 现通译雅各布斯。

无来者；假若他也喜创作的话，他必是从他所阅览过的作品中，求字字句句有出处、有根据；他"作"而不"创"。他牺牲在研究中，而且牺牲得冤枉。让我们看看鲁迅先生吧。在文艺上，他博通古今中外，可是这些学问并没把他吓住。他写古文古诗写得极好，可并不尊唐或崇汉，把自己放在某派某宗里去，以自尊自限。古体的东西他能作，新的文艺无论在理论上与实验上，他又都站在最前面；他不以对旧物的探索而阻碍对新物的创造。他对什么都有研究的趣味，而永远不被任何东西迷住心。他随时研究，随时判断。他的判断力使他无论对旧学问或新知识都敢说话。他的话，不是学究的掉书袋，而是准确地指示给人们以继续研讨的道路。

学问比他更渊博的，以前有过，以后还有；像他这样把一时代治学的方法都抓住、左右逢源地随时随事都立在领导的地位，恐怕一个世纪也难见到一两位吧。吸收了"五四"运动的"从新估价"的精神，他疑古反古，把每时代的东西还给每时代。博览了东西洋的文艺，他从事翻译与创作。他疑古，他也首创，他能写极好的古体诗文，也热烈、拥护新文艺，并且牵引着它前进。他是这一时代的纪念碑。在文艺上，事事他关心，事事他有很高的成就。天才比他小一点的，努力比他少一点的，只能循着一条路线前进，或精于古，或专于新；他却像十字路口的警察，指挥着全部交通。在某一点上，有人能突破他的纪录，可是有谁敢和他比比"全能"比赛呢！

也许有人会说：在文艺理论方面，鲁迅先生只尽了介绍的责任，并来曾建设出他自己的有系统的学说；而且所介绍的也显着杂乱不纯。假若这话是对的，就请想想看吧：批判别人的时候，不是往往忘却别人的努力，而老嫌人家做得不够吗？设若能看到这一点，我们不是应当看看自己，我们自己假如也把研究、创作、翻译，同时并做，像鲁迅先生那样，我们的成绩又能有多少呢？我们就是对于一位圣人，也应不客气地批评，可是我们也应当晓得批评不仅是发威，而是于批评中，取得被批评者的最良最崇高的精神，以自策自励。鲁迅先生能于整理国故而外，去介绍，去翻译，就已经是难能可贵的事。一个人的精力与天才永远不能完全与他的志愿与计划相配合，人生最大的苦痛啊！只有明知这苦痛是越来越深，而杀上前去，以身殉志的，才是英雄。鲁迅先生的精神便是永远不屈不挠、不自满、不自馁。鲁迅先生的精神能以不死，那就靠后起者也能死而后已地继续努力。抓住一位英雄的弱点以开心自慰，既无损于英雄，又无益于自己，何苦来呢！

还有人也许说，鲁迅先生的后期著作，只是一些小品文，未免可惜，假若他能闭户写作，不问外间的事，也许能写出比阿Q更伟大的东西，岂不更好？

是的，鲁迅先生也许能那样地写出更伟大的作品。可是，那就不成其为鲁迅先生了。希望鲁迅先生去专心著作的人，虽然用着惋惜的语调，可是心中实在暗暗地不满意！不满意他因爱护青年、帮忙青年，而用去许多时间；不满意他因好管闲事而浪费了许多笔墨。

我不晓得假若鲁迅先生关上屋门，立志写伟大的作品，能够有什么贡献；我不喜猜想。我却准知道鲁迅先生的爱护青年与好管闲事是值得钦佩的事，他有颗纯洁的心，能接近青年；他有奋斗的怒火，去管闲事。是的，先生的爱护青年，有时候近于溺爱了；可是佛连一个蚂蚁也爱呢！母亲的伟大往往使她溺爱儿女；这只有母亲自己晓得其中的意义，旁观者只能表示惋惜与不满，因为旁观者不是母亲，也就代替不了母亲，明白不了母亲，自己不是母亲，没有慈心，觉得青年们都应该严加管束，把青年们管束得像羊羔一样老实，长者才可逍遥自在地为所欲为。为长者计，这实在是不错的办法。可是，青年呢？长者的聪明往往把"将来"带到自己的棺材里去，青年成了殉葬者。鲁迅先生不是这样的长者，他宁可少写些文章，而替青年们看稿子；他宁可少享受一些，而替青年们掏钱印书，他提拔青年，因为他不肯只为自己的不朽，而把青年们活埋了。这也许是很傻的事吧？可是最智慧的人似乎都有点傻气。

至于爱管闲事，的确使鲁迅先生得罪了不少的人。他的不留情的讽刺讥骂，实在使长者们难堪，因此也就要不得。中国人不会愤怒，也不喜别人挂火，而鲁迅先生却是最会挂火的人。假若他活到今日，我想他必不会老老实实地住在上海，而必定用他的笔时时刺着那些不会怒、不肯牺牲的人们的心。在长者们，也许暗中说句："幸而那个家伙死了。"可是，我们上哪里去找另一个鲁迅呢？我们自惭；自惭假若没有多少用处，让我们在纪念鲁迅先生的时候，挺起我们的胸来吧！

只写了些小品文吗？据我看，鲁迅先生的最大成就便是小品文。我敢说，他的学问限制不了后起者的更进一步，他的小说也拦不住后起者的猛进直前。小品文，在五十年内恐怕没有第二把手，来与他争光。他会怒，越怒，文字越好。文字容易模仿，怒火可是不易借来。他的旧学问好，新知识广博，他能由旧而新，随手拾掇极精确的字与词，得到惊人的效果。你只能摘用他所用过的，而不易像他那样把新旧的工具都搬来应用，用创造的能力把古今的距离缩短，而成为他独有的东西。他长于古文古诗，又博览东西的文艺，所以他会把最简单的言语（中国话），调动得（极难调动）跌宕多姿，永远新鲜，永远清晰，永远软中透硬，永远厉害而不粗鄙。他以最大的力量，把感情、思想、文字，容纳在一两千字里，像块玲珑的瘦石，而有手榴弹的作用。只写了些短文吗？啊，这是前无古人，恐怕也是后无来者的，文艺建设！

　　燃起我们的怒火吧，青年！以学识，以正义感，以最有力的文字，尽力于抗战建国的事业吧！在抗战中纪念鲁迅先生，我们必须有这个决心！

敬悼许地山先生

地山是我的最好的朋友。以他的对种种学问好知喜问的态度，以他的对生活各方面感到的趣味，以他的对朋友的提携辅导的热诚，以他的对金钱利益的淡薄，他绝不像个短寿的人。每逢当我看见他的笑脸，握住他的柔软而戴着一个翡翠戒指的手，或听到他滔滔不断地讲说学问或故事的时候，我总会感到他必能活到八九十岁，而且相信若活到八九十岁，他必定还能像年轻的时候那样有说有笑，还能那样说干什么就干什么，永不驳回朋友的要求，或给朋友一点难堪。

地山竟自会死了——才将快到五十的边儿上吧。

他是我的好友。可是，我对于他的身世知道得并不十分详细。不错，他确是告诉过我许多关于他自己的事情；可是，大部分都被我忘掉了。一来是我的记性不好；二来是当我初次看见他的时候，我就觉得"这是个朋友"，不必细问他什么；即使他原来是个强盗，我也只看他可爱；我只知道面前是个可爱的人，就是一点也不晓得他的历史，也没有任何关系！况且，我还深信他会活到八九十岁呢。让他讲那些有趣的故事吧，让他说些对种种学术的心得与研究方法吧；至于他自己的历史，忙什么呢？等他老年的时候再说给我听，也还不迟啊！

可是，他已经死了！

我知道他是福建人。他的父亲做过台湾的知府——说不定他就生在台湾。他有一位舅父，是个很有才而后来做了和尚。由这位舅父，他大概自幼就接近了佛说，读过不少的佛经。还许因为这位舅父的关系，他曾在仰光一带住过，给了他不少后来写小说的资料。他的妻早已死去，留下一个小女孩。他手上的翠戒指就是为纪念他的亡妻的。从英国回到北平，他续弦。这位太太姓周，我曾在北平和青岛见过的。

以上这一点：事实恐怕还有说得不十分正确的地方，我的记性实在太坏了！记得我到牛津去访他的时候，他告诉了我为什么老戴着那个翠戒指；同时，他说了许许多多关于他的舅父的事。是的，清清楚楚地我记得他由述说这位舅父而谈到禅宗的长短，因为他老人家便是禅宗的和尚。可是，除了这一点，我把好些极有趣的事全忘得一干二净；后悔没把它们都笔记下来！

我认识地山，是在二十年前了。那时候，我的工作不多，所以常到一个教会去帮忙，做些"社会服务"的事情。地山不但常到那里去，而且有时候住在那里，因此我认识了他。我呢，只是个中学毕业生，什么学识也没有。可是地山在那时候已经在燕大毕业而留校教书，大家都说他是个很有学问的青年。初一认识他，我几乎不敢希望能与他为友，他是有学问的人哪！可是，他有学问而没有架子，他爱说笑话，村的雅的都有；他同我去吃八个铜板十只的水饺，一边吃一边说，不一定说什么，但总说得有趣。我不再怕他了。虽然不晓得他有多大的

111

学问，可是的确知道他是个极天真可爱的人了。一来二去，我试着步去问他一些书本上的事；我生怕他不肯告诉我，因为我知道有些学者是有这样脾气的：他可以和你交往，不管你是怎样的人；但是一提到学问，他就不肯开口了；不是他不肯把学问白白送给人，便是不屑于与一个没学问的人谈学问——他的神色表示出来，跟你来往已是降格相从，至于学问之事，哈哈……但是，地山绝对不是这样的人。他愿意把他所知道的告诉人，正如同他愿给人讲故事。他不因为我向他请教而轻视我，而且也并不板起面孔表示他有学问。和谈笑话似的，他知道什么便告诉我什么，没有矜持，没有厌倦，教我佩服他的学识，而仍认他为好友。学问并没有毁坏了他的为人，像那些气焰千丈的"学者"那样。他对我如此，对别人也如此；在认识他的人中，我没有听到过背地里指摘他、说他不够个朋友的。

不错，朋友们也有时候背地里讲究他；谁能没有些毛病呢。可是，地山的毛病只使朋友们又气又笑的那一种，绝无损于他的人格。他不爱写信。你给他十封信，他也未见得答复一次；偶尔回答你一封，也只有几个奇形怪状的字，写在一张随手拾来的破纸上。我管他的字叫作鸡爪体，真是难看。这也许是他不愿写信的原因之一吧？另一毛病是不守时刻。口头的或书面的通知，何时开会或何时集齐，对他绝不发生作用。只要他在图书馆中坐下，或和友人谈起来，就不用再希望他还能看看钟表。所以，你设若不亲自拉他去赴会就约，那就是你的过错；他是永远不记着时刻的。

一九二四年初秋，我到了伦敦，地山已先我数日来到。他是在美国得了硕士学位，再到牛津继续研究他的比较宗教学的；还未开学，所以先在伦敦住几天，我和他住在了一处。他正用一本中国小商店里用的粗纸账本写小说。那时节，我对文艺还没发生什么兴趣，所以就没大注意他写的是哪一篇。几天的工夫，他带着我到城里城外玩耍，把伦敦看了一个大概。地山喜欢历史，对宗教有多年的研究，对古生物学有浓厚的兴趣。由他领着逛伦敦，是多么有趣、有益的事呢！同时，他绝对不是"月亮也是外国的好"的那种留学生。说真的，他有时候过火地厌恶外国人。因为要批判英国人，他甚至于连英国人有礼貌、守秩序和什么喝汤不准出响声，都看成愚蠢可笑的事。因此，我一到伦敦，就借着他的眼睛看到那古城的许多宝物，也看到它那阴暗的一方面，而不至糊糊涂涂地断定伦敦的月亮比北平的好了。

不久，他到牛津去入学。暑假寒假中，他必到伦敦来玩几天。"玩"这个字，在这里，用得很妥当，又不很妥当。当他遇到朋友的时候，他就忘了自己：朋友们说怎样，他总不驳回。去到东伦敦买黄花木耳，大家做些中国饭吃？好！去逛动物园？好！玩扑克牌？好！他似乎永远没有忧郁，永远不会说"不"。不过，最好还是请他闲扯。据我所知道的，于各种宗教的研究而外，他还研究人学、民俗学、文学、考古学；他认识古代钱币，能鉴别古画，学过梵文与巴利文。请他闲扯，他就能——举个例说——由男女恋爱扯到中古的禁欲主义，再扯到原始时代的男女关系。他的故事多，书本上的佐证也丰富。他的话一会儿低降到贩夫走卒的俗野，一会儿高飞到学者的深刻高明。他谈一整天并无倦容，大家听一天也不感疲倦。

不过，你不要让他独自溜出去。他独自出去，不是到博物院，必是入图书馆。一进去，他就忘了出来。有一次，在上午八九点钟，我在东方学院的图书馆楼上发现了他。到吃午饭的时候，我去唤他，他不动。一直到下午五点，他才出来，还是因为图书馆已到关门的时间的原故。找到了我，他不住地喊"饿"；是啊，他已饿了十点钟。在这种时节，"玩"字是用不得的。

牛津不承认他的美国的硕士学位，所以他须花二年的时光再考硕士。他的论文是《法华经》的介绍，在预备这本论文的时候，他还写了一篇相当长的文章，在世界基督教大会上去宣读。这篇文章的内容是介绍道教。在一般的浮浅传教士心里，中国的佛教与道教不过是与非洲黑人或美洲红人所信的原始宗教差不多。地山这篇文章使他们闻所来闻，而且得到不少宗教学学者的称赞。

他得到牛津的硕士。假若他能继续住二年，他必能得到文学博士——最荣誉的学位。论文是不成问题的，他能于很短的期间预备好。但是，他必须再住二年；校规如此，不能变更。他没有住下去的钱，朋友们也不能帮助他。他只好以硕士为满意，而离开英国。

在他离英以前，我已试写小说。我没有一点自信心，而他又没工夫替我看看。我只能抓着机会给他朗读一两段。听过了几段，他说："可以，往下写吧！"这，增多了我的勇气。他的文艺意见，在那时候，仿佛是偏重于风格与情调；他自己的作品都多少有些传奇的气息，他所喜爱的作品也差不多都是浪漫派的。他的家世，他的在南洋的经验，他的旧文学的修养，他的喜研究学问而又不忍放弃文艺的态度，和他自己的生活方式，我想，大概都使他倾向着浪漫主义。

单说他的生活方式吧。我不相信他有什么宗教的信仰，虽然他对宗教有深刻的研究，可是，我也不敢说宗教对他完全没有影响。他的言谈举止都像个诗人。假若把"诗人"按照世俗的解释从他的生活中扩展起来，他就应当有很古怪奇特的行动与行为。但是，他并没做过什么怪事。他明明知道某某人对他不起，或是知道某某人的毛病，他仍然是一团和气，以朋友相待。他不会发脾气。在他的嘴里，有时候是乱扯一阵，可是他的私生活是很严肃的，他既是诗人，又是"俗"人。为了读书，他可以忘了吃饭。但一讲到吃饭，他却又不惜花钱。他并不孤高自赏。对于衣食住行他都有自己的主张，可是假若别人喜欢，他也不便固执己见。他能过很苦的日子。在我初认识他的几年中，他的饭食与衣服都是极简单朴俭。他结婚后，我到北平去看他，他的房屋衣服都相当讲究了。也许是为了家庭间的和美，他不便于坚持己见吧。虽然由破夏布褂子换为整齐的绫罗大衫，他的脱口而出的笑话与戏谑还完全是他，一点儿也没改。穿什么，吃什么，他仿佛都能随遇而安，无所不可。在这里，和在其他的好多地方，他似乎受佛教的影响较基督教的为多，虽然他是在神学系毕业，而且也常去做礼拜。他像个禅宗的居士，而绝不能成为一个清教徒。

不但亲戚朋友能影响他，就是不相识而偶然接触的人也能临时地左右他。有一次，我在"家"里，他到伦敦城里去干些什么。日落时，他回来了，进门便笑，而且不住地摸他的刚刚刮过的脸。我莫名其妙。他又笑了一阵。"叫理发匠挣去两镑多！"我吃了一惊。那时候，在伦敦理发普通是八个便士，理发带刮脸也不过是一个先令，"怎能花两镑多呢？"原来是理发匠问他什么，他便答应什么，于是用香油香水洗了头，电气刮了脸，还不得两镑多吗？他绝想不起那样打扮自己，但是理发匠的建议是不能驳回的！

自从他到香港大学任事，我们没有会过面，也没有通过信；我知道他不喜欢写信，所以也就不写给他。抗战后，为了香港"文协"分会的事，我不能不写信给他了，仍然没有回信。可是，我准知道，信虽没有，事情可是必定办了。果然，从分会的报告和友人的函件中，我晓得了他是极热心会务的一员。我不能希望他按时回答我的信，可是我深信他必对分会卖力气，他是个极随便而又极不随便的人，我知道。

我自己没有学问，不能妥切地道出地山在学术上的成就何如。我只知道，他极用功，读书很多，这就值得钦佩、值得效法。对文艺，我没有什么高明的见解，所以不敢批评地山的作品。但是我晓得，他向来没有争过稿费，或恶意地批评过谁。这一点，不但使他能在香港"文协"分会以老大哥的身份德望去推动会务，而且在全国文艺界的团结上也有重大的作用。

是的，地山的死是学术界文艺界的极重大的损失！至于谈到他与我私人的关系，我只有落泪了；他既是我的"师"，又是我的好友！

啊，地山！你记得给我开的那张"佛学入门必读书"的单子吗？你用功，也希望我用功；可是那张单子上六十几部书，到如今我一部也没有读啊！

你记得给我打电报，教我到济南车站去接周校长吗？多么有趣的电报啊！知道我不认识她，所以你教她穿了黑色旗袍，而电文是："×日×时到站接黑衫女"！当我和妻接到黑衫女的时候，我们都笑得闭不上口啊。朋友，你托好友做一件事，都是那样有风趣啊！啊，昔日的趣事都变成今日的泪源。你怎可以死呢！

不能再往下写了……

宗月大师

在我小的时候，我因家贫而身体很弱。我九岁才入学。因家贫体弱，母亲有时候想叫我去上学，又怕我受人家的欺侮，更怕交不上学费，所以一直到九岁我还不识一个字。说不定，我会一辈子也得不到读书的机会。因为母亲虽然知道读书的重要，可是每月间三四吊钱的学费，实在让她为难。母亲是最喜脸面的人。她迟疑不决，光阴又不等待着任何人，荒来荒去，我也许就长到十多岁了。一个十多岁的贫而不识字的孩子，很自然地是去做个小买卖——弄个小筐，卖些花生，煮豌豆，或樱桃什么的。要不然就是去学徒。母亲很爱我，但是假若我能去做学徒，或提篮沿街卖樱桃而每天赚几百钱，她或者就不会坚决地反对。穷困比爱心更有力量。

有一天刘大叔偶然地来了。我说"偶然"，因为他不常来看我们。他是个极富的人，尽管他心中并无贫富之别，可是他的财富使他终日不得闲，几乎没有工夫来看穷朋友。一进门，他看见了我。"孩子几岁了？上学没有？"他问我的母亲。他的声音是那么洪亮（在酒后，他常以

117

学喊俞振庭的《金钱豹》自傲），他的衣服是那么华丽，他的眼是那么亮，他的脸和手是那么白嫩肥胖，使我感到我大概是犯了什么罪。我们的小屋，破桌凳，土炕，几乎禁不住他的声音的震动。等我母亲回答完，刘大叔马上决定："明天早上我来，带他上学，学钱、书籍，大姐你都不必管！"我的心跳起多高，谁知道上学是怎么一回事呢！

第二天，我像一条不体面的小狗似的，随着这位阔人去入学。学校是一家改良私塾，在离我的家有半里多地的一座道士庙里。庙不甚大，而充满了各种气味：一进山门先有一股大烟味，紧跟着便是糖精味（有一家熬制糖球糖块的作坊），再往里，是厕所味，与别的臭味。学校是在大殿里。大殿两旁的小屋住着道士和道士的家眷。大殿里很黑，很冷。神像都用黄布挡着，供桌上摆着孔圣人的牌位。学生都面朝西坐着，一共有三十来人。西墙上有一块黑板——这是"改良"私塾。老师姓李，一位极死板而极有爱心的中年人。刘大叔和李老师"嘤"了一顿，而后叫我拜圣人及老师。老师给了我一本《地球韵言》和一本《三字经》。我于是，就变成了学生。

自从做了学生以后，我时常地到刘大叔的家中去。他的宅子有两个大院子，院中几十间房屋都是出廊的。院后，还有一座相当大的花园。宅子的左右前后全是他的房屋，若是把那些房子齐齐地排起来，可以占半条大街。此外，他还有几处铺店。每逢我去，他必招呼我吃饭，或给我一些我没有看见过的点心。他绝不以我为一个苦孩子而冷淡我，他是阔大爷，但是他不以富傲人。

在我由私塾转入公立学校去的时候，刘大叔又来帮忙。这时候，他的财产已大半出了手。他是阔大爷，他只懂得花钱，而不知道计算。

人们吃他，他甘心叫他们吃；人们骗他，他付之一笑。他的财产有一部分是卖掉的，也有一部分是被人骗了去的。他不管；他的笑声照旧是洪亮的。

到我在中学毕业的时候，他已一贫如洗，什么财产也没有了，只剩了那个后花园。不过，在这个时候，假若他肯用用心思，去调整他的产业，他还能有办法叫自己丰衣足食，因为他的好多财产是被人家骗了去的。可是，他不肯去请律师。贫与富在他心中是完全一样的。假若在这时候，他要是不再随便花钱，他至少可以保住那座花园，和城外的地产。可是，他好善。尽管他自己的儿女受着饥寒，尽管他自己受尽折磨，他还是去办贫儿学校、粥厂，等等慈善事业。他忘了自己。就是在这个时候，我和他过往得最密。他办贫儿学校，我去做义务教师。他施舍粮米，我去帮忙调查及散放。在我的心里，我很明白：放粮放钱不过只是延长贫民的受苦难的日期，而不足以阻拦住死亡。但是，看刘大叔那么热心、那么真诚，我就顾不得和他辩论，而只好也出点力了。即使我和他辩论，我也不会得胜，人情是往往能战败理智的。

在我出国以前，刘大叔的儿子死了。而后，他的花园也出了手。他入庙为僧，夫人与小姐入庵为尼。由他的性格来说，他似乎势必走入避世学禅的一途。但是由他的生活习惯上来说，大家总以为他不过能念念经、布施布施僧道而已，而绝对不会受戒出家。他居然出了家。在以前，他吃的是山珍海味，穿的是绫罗绸缎。他也嫖也赌。现在，他每日一餐，入秋还穿着件夏布道袍。这样苦修，他的脸上还是红红的，笑声还是洪亮的。对佛学，他有多么深的认识，我不敢说。我却真知道他是个好和尚，他知道一点便去做一点，能做一点便做一点。他的学问也许不高，但是他所知道的都能见诸实行。

出家以后，他不久就做了一座大寺的方丈。可是没有好久就被驱逐出来。他是要做真和尚，所以他不惜变卖庙产去救济苦人。庙里不要这种方丈。一般地说，方丈的责任是要扩充庙产，而不是救苦救难的。离开大寺，他到一座没有任何产业的庙里做方丈。他自己既没有钱，他还须天天为僧众们找到斋吃。同时，他还举办粥厂等等慈善事业。他穷，他忙，他每日只进一顿简单的素餐，可是他的笑声还是那么洪亮。他的庙里不应佛事，赶到有人来请，他便领着僧众给人家去啈真经，不要报酬。他整天不在庙里，但是他并没忘了修持；他持戒越来越严，对经义也深有所获。他白天在各处筹钱办事，晚间在小室里做功夫。谁见到这位破和尚也不曾想到他会是个在金子里长起来的阔大爷。

去年，有一天他正给一位圆寂了的和尚念经，他忽然闭上了眼，就坐化了。火葬后，人们在他的身上发现许多舍利。

没有他，我也许一辈子也不会入学读书。没有他，我也许永远想不起帮助别人有什么乐趣与意义。他是不是真的成了佛？我不知道。但是，我的确相信他的居心与苦行是与佛极相近似的。我在精神上物质上都受过他的好处，现在我的确愿意他真的成了佛，并且盼望他以佛心引领我向善，正像在三十五年前，他拉着我去入私塾那样！

他是宗月大师。

自述

　　抗战第一年的深秋，我带了五十块钱，由济南跑到汉口。一晃儿，四年了！

　　妻是深明大义的。平日，她的胆子并不大。可是，当我要走的那天，铺子关上了门，飞机整天在飞鸣，人心恐慌到极度，她却把泪落在肚中，沉静地给我打点行李。她晓得必须放我走，所以不便再说什么。四年没听见她的语声了，沉毅的静默，将永远使我坚强！

　　儿女都小，不懂得别离之苦。小乙帮助妈妈给爸爸拾收东西，而适足以妨碍妈妈。我叱了他一声，他撇了撇嘴，没敢哭出来。至今，我觉得对不起小乙；现在他大概已经学会写几个字了吧？

　　四年了，每一空闲下来，必然地想起离济南时妻的沉静，与小乙的被叱要哭；想到，泪也就来到；可是，抗战期间，似乎应把个人的难过都忍在心中，不当以泪洗面；我不敢哭。同时，我总设法叫自己忙碌；没有空闲，也就没有了闲愁。

　　要把相当忙碌的四年中所经历的一切都写下来，恐怕不大容易；

挑选着说一点吧：

一、我的苦恼：自幼就穷，惯于吃苦。可是，自幼就好洁净，虽在病中也不肯不洗手洗脸，衣服不怕破烂，只怕脏。抗战中，我连好清洁的习惯也不能保持了，很难过。

既爱清洁，很自然地也就爱秩序。饮食起卧都有定时，一切东西都有一定的地位。秩序一乱，我就头昏，没法写作。抗战四年，我没有写出很多的文章来，写出的一点儿也十分拙劣，恐怕没有秩序是个很重要的原因。

爱洁净秩序的人往往好安静。我就那样。不大爱热闹，不喜欢见生人。可是，在抗战中，没法把自己隐藏起来，什么地方都须去，什么生人都须见，不管我愿意不愿意。设若我能自主，我一定会躲在深山里去。可是流亡四方，原为做一点有益于抗战的事，怎能藏起来呢？也许还有人说我风头十足呢？咱们心里分明；个人内心的痛苦是用不着报告给不关切他的人的。

按理说，上述的一些小苦恼本算不了什么。比起抗战将士所受的苦处，这真是微乎其微了。不过，假若我是做着别的事，我想一定不会抱怨什么；我要写作，这就不同了。写作有许多条件，个人的习惯也得算一个。把我放在一个毫无秩序的地方，我实在无法工作。啊，一个人是多么不易适应环境呀！我真钦佩羡慕那些战地的文艺工作者和新闻记者，他们即便是趴在土壕里，还能写他们的笔记或报告。我愿自己也有这种本领！战时的文人，据我看，不但要有文艺上的修养，还须有体质上的准备，"文弱"是战时文人的坏的形容词！可惜，我已年过四十，求不生疾病已属不易；要说一时就把自己练成运动家的模样，或者近乎梦想了。盼望青年文人们都注意到身体!

好清洁与爱秩序绝不是恶劣的习惯,我想不会有人以为我是要养尊处优地去吟风弄月。我之所以提到因不能保持这并不是要不得的习惯而感到苦恼者,倒是为说明假若我有健壮的身体,我就可以连这点苦恼也渐次消灭,使生活的不安毫不影响到我的工作。同时,我还要借此说明:这四年来,我已经没有什么私生活可言。家眷不在我的身边,住处无定,起睡没有定时;别人叫我怎样,我就怎样,没有哪一天可以算作我自己的。就是自己的工作,有时候也不能自主;我生活在团体里,我的写作也就往往受人之托,别人出题,我去写。这种没有私生活的生活,给我许多苦痛,可是渐渐地也习惯下来。为了抗战,许多写家是这样地活着;人家既能忍受,我就也得忍受;战争带来的苦难,每一个人都应当分担一些。至于说这种生活妨碍了写作,自然使我最感不快,可是社会上既还没想到文字的事业应当在安静方便的处所去做,而给文人们预备一个工作室,我就只好在忙乱与嘈杂的缝子中,忙里偷闲地去写一点。写不出好东西,还是我自己来负责,不怨别人——要怨,也似乎只好怨自己没有牛一般的力气吧。

二、我的欣悦:抗战以前我不是在青岛,便是在济南,连北平也不大常去。因此,平沪两大文艺本营的工作者,认识我的很少。抗战后,有了见面的机会,我交了许多朋友。前面说过,我羞见生人;文人中自然也有不少生人,可是我不怕见他们,且愿交为朋友,因为既同是文人,自有相近之处,人虽生,而气味似久已相投,恨未一面耳。

单单是大家呼兄唤弟,不但没有用处,而且也显着肉麻。我的朋友增多,每个人都有他的经验与特长,这才是学习与研究的好机会呀,这才使我欣喜呀！我们谈，我们相互批评，于是我的胆气大起来。不会写剧本吗？去讨教！写得不好吗？请大家批评！就是在这种友谊中，我才开始练习写诗歌与剧本。除了个人的获得，我也为整个的文艺界欣喜，因为互相教导与批评的风气在抗战中造成，一定不会因抗战胜利而消灭；那么，这种好风气的继续存在，也就是文艺能进步不停的保证。

有了这个欣喜，便克服了一切的小烦恼。什么衣服无人补啊、饿冷无人问啊，都是小事，都是小事！我是干文艺的人，只要在文艺上有所获得，便是获得了生命中最善的努力与成就，虽死不怨。

我希望还能再活二十年。这二十年中须再写出像点样子的十本或十多本作品。这些作品将是在写完以后，约请文友详加批评，而后细细修改；而后再评再改，直到大家与我都满意了才去付印。有今日的欣喜，我相信这对来日的希冀不是个梦想。

三、我的态度：从家里跑出来，是为做一点有助于抗战的事。能做多少、做得好坏，都是才力的问题；我晓得自己的才薄力微，但求不变此心，不问收获多寡。四年来，我已没有了私生活；这使我苦痛，可也使我更努力做事；我不怕被称为无才无能，而怕被识为苟且敷衍。被苦痛所压倒是软弱，软弱到相当的程度便会自暴自弃；这，非我所甘心。我永远不会成为英雄，只求有几分英雄气概；至少须消极地把受苦视为当然，而后用事实表现一点积极的向上精神。

有了此态度，我要做什么就极容易决定了。我所要做的必是我所能做的；我能写点小说之类的东西；那么，写作便是我的无容犹豫的工作。同时，妨碍写作的事也必须避免。做编辑，专心去看别人的文字，便没有时间写自己的，我不干。做教员，即使不管误人子弟与否，一面教书，一面写书，总不会是相得益彰的事，我不干。做官，公事房大概不是什么理想的写作的地方，我不干。削去这些枝节，即使本干还是很单细，但总有可以渐次坚实起来的希望；这个希望我抱定了笔与纸不放手。

幸而我的家眷没有跟着我！假若他们是在我的身边，我虽终日不舍纸笔，恐怕为了油盐酱醋，也要耽搁许多时间，耗费许多精神。说不定，还许为了煤米柴炭去做编辑、教员或小官。我感激我的妻！

在抗战前，正如在抗战后，我的志愿不大——只求就我所能做的做出一点事来。抗战后之所以异于抗战前者，就是抗战前生活有规律，抗战后生活比较的散漫。生活的没有严整的秩序，影响到我的工作；可是，生活的简单使我心中清楚，虽然感到小小的苦恼，而不至于使我悲观与灰心。同时，我所能做到的，总愿多做出来一些；不能做的我决不轻举妄动。这样，我可以在一方面像耕牛似的慢慢地犁着田，在另一方面我抱定不随便生气动怒的主意。假若我被人骂了一顿，我必检讨自己一番；骂得对呢，我须接受；骂得不对，便一笑置之。无论如何，我不还口。以骂还骂，有时候或者是必要的，但是我不愿这样做。因为我所能做的是写一点小说剧本之类的东西，而骂人并不能与小说剧本相并列，所以即使我会骂人，我也不想开口。我未必能把小说剧本等写得很好，可是我准知道即使骂人骂得极俏皮厉害，也不能代替我那不很好的小说与剧本。因此，假若今天在某刊物或报纸上有骂我的文字，而明天那个刊物或报纸来叫我写文章，我还是毫不迟疑地给它写；后来，它又骂了；大后天，再叫我写，我还是毫不迟疑地去写。我写不出很好的文章来，但是我总求它有一点文艺性，这才能由学习而逐渐获得一点好的经验。世界上有很好的骂人文字，永垂不朽，但是，并不很多。我没有骂人的天才，所以写诟骂的文字不见得是上算的事；假若我的一本小说可以传到十年百年，我的一篇骂人的短文也不过只能快意一时而已。我想证明在今天有几个能写骂人文字的人，而且能永垂不朽，给我们的文艺增添一点光彩。可是，这种文字极难写，非有极高的天才与识见不行。若是破口骂骂别人，以增自己的威风，居心已愧，必定骂不出什么名堂，而只虚耗了纸笔，在抗战期中（或在任何时期），实无可取！

表白自己或者是件讨厌的事。好了我不再多列条目。在第一条里，我说明了自己的苦痛何在，和怎样就可以克服这种苦痛——身体强的才能有充足的战斗力。第二条中，我道出自己的欣喜。这欣喜不是什么利益，而是好学习的心志遇到了可以学习的机会，足以使我更坚定地做个职业的写家，从今天直到入墓。第三条是第一、二两条的产物。我苦恼，就应设法坚强自己，以期继续地工作。我欣喜，就更当削减一切冗叶繁枝，使自己真能成为文艺之林中的一株有出息的小树。

这苦恼，这欣喜，与这由苦乐中决定的态度，是四年来生活的实录，不是空想。既是自己生活的实录，就不求别人来批评，因为我只觉得自己这么做是对的，并不希望别人也照方吃一剂。至于这些事实都与抗战有关与否，我觉得十分惭愧：我真愿为国家出力，做出一番轰轰烈烈的事业来，可是因才力所限，因一向没有显身扬名的宏愿，我仅能在文字上表现一点爱国的诚心。从各尽其力的道理来说，我总算没有偷闲偷赖；从报国救亡上来说，我只有惭愧！

抬头见喜

对于时节，我向来不特别的注意。拿清明说吧，上坟烧纸不必非我去不可，又搭着不常住在家乡，所以每逢看见柳枝发青便晓得快到了清明，或者是已经过去。对重阳也是这样，生平没在九月九登过高，于是重阳和清明一样的没有多大作用。

端阳、中秋、新年，三个大节可不能这么马虎过去。即使我故意躲着它们，账条是不会忘记了我的。也奇怪，一个无名之辈，到了三节会有许多人惦记着，不但来信、送账条，而且要找上门来！

设若故意躲着借款，着急，设计自杀等等，而专讲三节的热闹有趣那一面儿，我似乎是最喜爱中秋。"似乎"，因为我实在不敢说准了。幼年时，中秋必是个很可喜的节，要不然我怎么还记得清清楚楚那些"兔儿爷"的样子呢？有"兔儿爷"玩，这个节必是过得十二分有劲。可是从另一方面说，至少有三次喝醉是在中秋；酒入愁肠呀！所以说"似乎"最喜爱中秋。

事真凑巧，这三次"非杨贵妃式"的醉酒我还都记得很清楚。那么，就说上一说呀。第一次是在北平，我正住在翊教寺一家公寓里。好友卢嵩庵从柳泉居运来一坛子"竹叶青"。又约来两位朋友——内中有一位是不会喝的——大家就抄起茶碗来。坛子虽大，架不住茶碗一个劲进攻；月亮还没上来，坛子已空。干什么去呢？打牌玩吧。各拿出铜元百枚，约合大洋七角多，因这是古时候的事了。第一把牌将立起来，不晓得——至今还不晓得——我怎么上了床。牌必是没打成，因为我一睁眼已经红日东升了。

第二次是在天津，和朱荫棠在同福楼吃饭，各饮绿茵陈二两。吃完饭，到一家茶肆去品茗。我朝窗坐着，看见了一轮明月，我就吐了。这回决不是酒的作用，毛病是在月亮。

第三次是在伦敦。那里的秋月是什么样子，我说不上来——也许根本没有月亮其物。中国工人俱乐部里有多人凑热闹，我和沈刚伯也去喝酒。我们俩喝了两瓶葡萄酒。酒是用葡萄还是葡萄叶儿酿的，不可得而知，反正价钱很便宜；我们俩自古至今总没做过财主。喝完，各自回寓所。一上公众汽车，我的脚忽然长了眼睛，专找别人的脚尖去踩。这回可不是月亮的毛病。

对于中秋，大致如此——无论如何也不能说它坏。就此打住。

至若端阳，似乎可有可无。粽子，不爱吃。城隍爷现在也不出巡；即使再出巡，大概也没有跟随着走几里路的兴趣。樱桃真是好东西，可惜被黑白桑葚给带累坏了。

新年最热闹，也最没劲，我对它老是冷淡的。自从一记事儿起，家中就似乎很穷。爆竹总是听别人放，我们自己是静寂无哗。记得最真的是家中一张《王羲之换鹅》图。每逢除夕，母亲必把它从个神秘的地方找出来，挂在堂屋里。姑母就给说那个故事；到如今还不十分明白这故事到底有什么意思，只觉得"王羲之"三个字倒很响亮好听。后来入学，读了《兰亭序》，我告诉先生，王羲之是在我的家里。

长大了些，记得有一年的除夕，大概是光绪三十年前的一二年，母亲在院中接神，雪已下了一尺多厚。高香烧起，雪片由漆黑的空中落下，落到火光的圈里，非常的白，紧接着飞到火苗的附近，舞出些金光，即行消灭；先下来的灭了，上面又紧跟着下来许多，像一把"太平花"倒放。我还记着这个。我也的确感觉到，那年的神仙一定是真由天上回到世间。

中学的时期是最忧郁的，四五个新年中只记得一个，最凄凉的一个。那是头一次改用阳历，旧历的除夕必须回学校去，不准请假。姑母刚死两个多月，她和我们同住了三十年的样子。她有时候很厉害，但大体上说，她很爱我。哥哥当差，不能回来。家中只剩母亲一人。我在四点多钟回到家中，母亲并没有把"王羲之"找出来。吃过晚饭，我不能不告诉母亲了——我还得回校。她愣了半天，没说什么。我慢慢地走出去，她跟着走到街门。摸着袋中的几个铜子，我不知道走了多少时候，才走到了学校。路上必是很热闹，可是我并没看见，我似乎失了感觉。到了学校，学监先生正在学监室门口站着。他先问的我："回来了？"我行了个礼。他点了点头，笑着叫了我一声："你还回去吧。"这一笑，永远印在我心中。假如我将来死后能入天堂，我必把这一笑带给上帝去看。

我好像没走就又到了家，母亲正对着一支红烛坐着呢。她的泪不轻易落，她又慈善又刚强。见我回来了，她脸上有了笑容，拿出一个细草纸包儿来："给你买的杂拌儿，刚才一忙，也忘了给你。"母子好像有千言万语，只是没精神说。早早地就睡了。母亲也没接神。

中学毕业以后，新年，除了为还债着急，似乎已和我不发生关系。我在哪里，除夕便由我照管着哪里。别人都回家去过年，我老是早早关上门，在床上听着爆竹响。平日我也好吃个嘴儿，到了新年反倒想不起弄点什么吃，连酒也不喝。在爆竹稍静下些的时节，我老看见些过去的苦境。可是我既不落泪，也不狂歌，我只静静地躺着。躺着躺着，多咱烛光在壁上幻出一个"抬头见喜"，那就快睡去了。

第四辑　神的游戏

我盼望总会有那么一天，
我可以随便到世界任何地方去，
而没有人偷偷地跟在我的背后，
没有人盘问我到哪里去和干什么去，
也没有人检查我的行李，
那就是我的理想世界。

话剧观众须知廿则

（一）在观剧之前，务须伤风，以便在剧院内高声咳嗽，且随地吐痰。

（二）入剧场务须携带甘蔗、橘柑、瓜子、花生……以便弃皮满地，而重清洁。最好携火锅一个，随时"毛肚开堂"。

（三）单号戏票宜入双号门，双号戏票宜入单号门。楼上票宜坐楼下，楼下票宜坐楼上。最好无票入场，有位即坐，以重秩序。

（四）未开幕，宜拼命鼓掌。

（五）家事，官司，世界大战，均宜于开幕后开始谈论，且务须声震屋瓦。

（六）演员出场应报以"好"声，鼓掌副之。

（七）每次台上一人跌倒，或二人打架，均须笑一刻钟，至半点钟，以便天亮以前散戏。

（八）演员吸香烟，口中真吐出烟来，或吸水烟，居然吹着了火纸捻，必须报以掌声。

（九）入场就座，切勿脱帽，以便见了朋友，好脱帽行礼。

（十）观剧时务须打架一场。

（十一）出入厕所务须猛力开闭其门。开而不关亦佳，以便臭味散出，有益大家。

（十二）演员每说一"妈的"，或开一小玩笑，必赞以"深刻"，以示有批评能力。

（十三）入场务须至少携带幼童五个，且务使同时哭闹，以壮声势。最好能开一个临时的幼稚园。

（十四）幕闭，务须掀开看看，以穷其究竟。

（十五）换景，幕暂闭时，务须以手电筒探照，使布景人手足失措，功德无量。

（十六）鼓掌应继续不停，以免寂寞。

（十七）观剧宜带勤务兵或仆人数位，侍立于侧。

（十八）七时半开戏，须于九时半入场，入场时且应携煤气灯一个，以免暗中摸索。

（十九）入场切勿携带火柴，以便吸烟时四处去借火。

（二十）末一幕刚开，即须退出，且宜猛摔椅板，高射手电。若于走道中停立五六分钟，遮住后面观众，尤为得礼。

新年醉话

　　大新年的，要不喝醉一回，还算得了英雄好汉吗？喝醉而去闷睡半日，简直是白糟蹋了那点酒。喝醉必须说醉话，其重要至少等于新年必须喝醉。

　　醉话比诗话词话官话的价值都大，特别是在新年。比如你恨某人，久想骂他猴崽子一顿。可是平日的生活，以清醒温和为贵，怎好大睁白眼地骂阵一番？到了新年，有必须喝醉的机会，不乘此时节把一年的"储蓄骂"都倾泻净尽，等待何时？于是乎骂矣。一骂，心中自然痛快，且觉得颇有英雄气概。因此，来年的事业也许更顺当，更风光；在元旦或大年初二已自诩为英雄，一岁之计在于春也。反之，酒只两盅，菜过五味，欲哭无泪，欲笑无由。只好哼哼唧唧噜哩噜苏，如老母鸡然，则癞狗见了也多咬你两声，岂能成为民族的英雄？

　　再说，处此文明世界，女扮男装。许多许多男子大汉在家中乾纲不振。欲恢复男权，以求平等，此其时矣。你得喝醉哟，不然哪里敢！既醉，则挑鼻子弄眼，不必提名道姓，而以散文诗冷潮，继以热骂：

头发烫得像鸡窝，能孵小鸡吗？曲线美，直线美又几个钱一斤？老子的钱是容易挣得？哼！诸如此类，无须管层次清楚与否，但求气势畅利。每当少为停顿，则加一哼，哼出两道白气，这么一来，家中女性，必都惶恐。如不惶恐，则拉过一个——以老婆为最合适——打上几拳。即使因此罚跪床前，但床前终少见证，而醉骂则广播四邻，其声势极不相同，威风到底是男子汉的。闹过之后，如有必要，得请她看电影；虽发似鸡窝如故，且未孵出小鸡，究竟得显出不平凡的亲密。即使完全失败，跪在床前也不见原谅，到底酒力热及四肢，不至着凉害病，多跪一会儿正自无损。这自然是附带的利益，不在话下。无论怎说，你总得给女性们一手儿瞧瞧，纵不能一战成功，也给了她们个有力的暗示——你并不是泥人哟。久而久之，只要你努力，至少也使她们明白过来：你有时候也会闹脾气，而跪在床前殊非完全投降的意思。

至若年底搪债，醉话尤为必需。讨债的来了，见面你先喷他一口酒气，他的威风马上得低降好多，然后，他说东，你说西，他说欠债还钱，你唱《四郎探母》。虽曰无赖，但过了酒劲，日后见面，大有话说。此"尖头曼"之所以为"尖头曼"也。

醉话之功，不止于此，要在善于运用。秘诀在这里：酒喝到八成，心中还记得"莫谈国事"，把不该说的留下；可以说的，如骂友人与恫吓女性，则以酒力充分活动想象力，务使自己成为浪漫的英雄。骂到伤心之处，宜紧紧摇头，使眼泪横流，自增杀气。

当是时也，切莫题词寄信，以免留叛逆的痕迹。必欲艺术地发泄酒兴，可以在窗纸上或院壁上作画。画完题"醉墨"二字，豪放之情乃万古不朽。

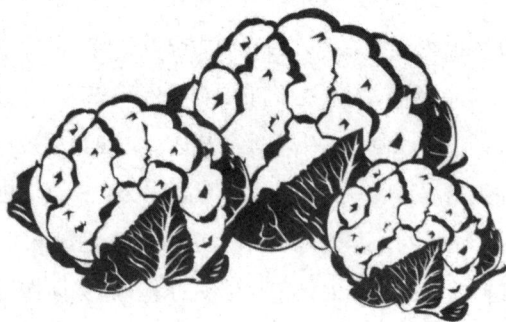

观画记

　　看我们看不懂的事物，是很有趣的；看完而大发议论，更有趣。幽默就在这里。怎么说呢？去看我们不懂得的东西，心里自知是外行，可偏要装出很懂行的样子。譬如文盲看街上的告示，也歪头，也动嘴唇，也背着手；及至有人问他，告示上说的什么，他答以正在数字数。这足以使他自己和别人都感到笑的神秘，而皆大开心。看完再对人讲论一番便更有意思了。譬如文盲看罢告示，回家对老婆大谈政治，甚至因意见不同，而与老婆干起架来，则更热闹而紧张。

　　新年前，我去看王绍洛先生个人展览的西画。济南这个地方，艺术的空气不像北平那么浓厚。可是近来实在有起色，书画展览会一个接着一个地开起来。王先生这次个展是在十二月二十三日到二十五日。只要有图画看，我总得去看看。因为我对于图画是半点不懂，所以我必须去看，表示我的腿并不外行，能走到会场里去。一到会场，我很会表演。先在签到簿上写上姓名，写得个儿不小，以便引起注意而或者能骗碗茶喝。要作品目录，先数作品的号码，再看标价若干，而且算清价格的总积：假如作品都售出去，能发多大的财。我管这个叫作"艺术的经济"。然后我去看画。设若是中国画，我便靠近些看，细看笔道如何、题款如何、图章如何、裱的绫子厚薄如何。每看一项，或点点头，或摇摇首，好像要给画儿催眠似的。设若是西洋画，我便站得远些看，头部的运动很灵活，有时为看一处的光线，能把耳朵放在肩膀上，如小鸡蹭痒痒然。这么看了一遍，已觉有点累得慌，就找个椅子坐下，眼睛还盯着一张画死看，不管画得好坏，而是因为它恰巧对着那把椅子。这样死盯，不久就招来许多人，都要看出这张图中的一点奥秘。如看不出，便转回头来看我，似欲领教者。我微笑不语，暂且不便泄露天机。如遇上熟人过来问，我才低声地说："印象派，可还不到后期，至多也不过中期。"或是："仿宋，还好；就是笔道笨些！"我低声地说，因为怕叫画家自己听见；他听不见呢，我得虎就虎，心中怪舒服的。

其实，什么叫印象派，我和印度的大象一样不懂。我自己的绘画本事限于画"你是王八"的王八，与平面的小人。说什么我也画不上来个偏脸的人，或有四条腿的椅子。可是我不因此而小看自己；鉴别图画的好坏，不能专靠"像不像"；图画是艺术的一支，不是照相。呼之为牛则牛，呼之为马则马；不管画的是什么，你总得"呼"它一下。这恐怕不单是我这样，有许多画家也是如此。我曾看见一位画家在纸上涂了几个黑蛋，而标题曰"群雏"。他大概是我的同路人。他既然能这么干，怎么我就不可以自视为天才？那么，去看图画；看完还要说说，是当然的。说得对与不对，我既不负责任，你干吗多管闲事？这不是很逻辑的说法吗？

我不认识王绍洛先生。可是很希望认识他。他画得真好。我说好，就是好，不管别人怎么说。我爱什么，什么就好，没有客观的标准。"客观"，顶不通。你不自己去看，而派一位代表去，叫作客观；你不自己去上电影院，而托你哥哥去看贾波林，叫作客观；都是傻事，我不这么干。我自己去看，而后说自己的话；等打架的时候，才找我哥哥来揍你。

王先生展览的作品：油画七十，素描二十四，木刻七。在量上说，真算不少。对于木刻，我不说什么。不管它们怎样好，反正我不喜爱它们。大概我是有点野蛮劲，爱花红柳绿，不爱黑地白空的东西。我爱西洋中古书籍上那种绘图，因为颜色鲜艳。一看黑漆漆的一片，我就觉得不好受。木刻，对于我，好像黑煤球上放着几个白元宵，不爱！有人给我讲过相对论，我没好意思不听，可是始终不往心里去；不论它怎样相对，反正我觉得它不对。对木刻也是如此，你就是说得天花乱坠，还是黑煤球上放白元宵。对于素描，也不爱看，不过瘾；七道子八道子的！

我爱那些画。特别是那些风景画。对于风景画，我爱水彩的和油的，不爱中国的山水。中国的山水，一看便看出是画家在那儿作八股，弄了些个起承转合，结果还是那一套。水彩与油画的风景真使我接近了自然，不但是景在那里，光也在那里，色也在那里，它们使我永远喜悦，不像中国山水画那样使我离开自然，而细看笔道与图章。这回对了我的劲，王先生的是油画。他的颜色用得真漂亮，最使我快活的是绿瓦上的那一层嫩绿——有光的那一块儿。他有不少张风景画，我因为看出了神，不大记得哪张是哪张了。我也不记得哪张太刺眼，这就是说都不坏，除了那张《汇泉浴场》似乎有点俗气。那张《断墙残壁》很好，不过着色太火气了些；我提出这个，为是证明他喜欢用鲜明的色彩。

他是宜于画春夏景物的，据我看。他能画得干净而活泼；我就怕看抹布颜色的画儿。

关于人物，《难民》与《忏悔》是最惹人注意的。我不大爱那三口儿难民，觉得还少点憔悴的样子。我倒爱难民背后的设景：树，远远的是城，城上有云：城和难民是安定与漂流的对照，云树引起渺茫与穷无所归之感。《官邸与民房》也是用这个结构——至少是在立意上。最爱《忏悔》。裸体的男人，用手捧着头，头低着。全身没有一点用力的地方，而又没一点不在紧缩着，是忏悔。此外还有好几幅裸体人形，都不如这张可喜。永不喜看光身的大胖女人，不管在技术上有什么讲究，我是不爱看"河漂子"的。

花了两点钟的工夫，还能不说几句吗？于是大发议论，大概是很臭。不管臭不臭吧，的确是很佩服王先生。这决不是捧场；他并没见着我，也没送给我一张画。我说他好歹，与他无关，或只足以露出我的臭味。说我臭，我也不怕，议论总是要发的。伟人们不是都喜欢大发议论吗？

我的理想家庭

一个二十多岁的小伙子，讲恋爱，讲革命，讲志愿，似乎天地之间，唯我独尊，简直想不到组织家庭——结婚即是爱的坟墓，家庭根本上是英雄好汉的累赘。及至过了三十，革命成功与否，事情好歹不论，反正领略够了人情世故，壮气就差点事儿了。虽然明知家庭之累，等于投胎为马为牛，可是人生总不过如此，多少也都得经验一番，既不坚持独身，结婚倒也还容易。于是发帖子请客，笑着开驶倒车，苦乐容或相抵，反正至少凑个热闹。到了四十，儿女已有二三，贫也好富也好，自己认头苦曳，对于年轻的朋友已经有好些个事儿说不到一处，而劝告他们老老实实地结婚，好早生儿养女，即是话不投缘的一例。到了这个年纪，设若还有理想，必是理想的家庭。倒退二十年，连这么一想也觉泄气。人生的矛盾可笑即在于此，年轻力壮，力求事事出轨，决不甘为火车：及至中年，心理的，生理的，种种理的什么什么，都使他不但非做火车不可，且做货车焉。把当初与现在一比较，判若两人，足够自己笑半天的！或有例外，实不多见。

明年我就四十了，已具说理想家庭的资格：大不必吹，盖亦自嘲。

我的理想家庭要有七间小平房：一间是客厅，古玩字画全非必要，只要几张很舒服宽松的椅子，一二小桌。一间书房，书籍不少，不管什么头版与古本，而都是我所爱读的。一张书桌，桌面是中国漆的，放上热茶杯不至烫成个圆白印儿。文具不讲究，可是都很好用，桌上老有一两枝鲜花，插在小瓶里。两间卧室，我独据一间，没有臭虫，而有一张极大极软的床。在这个床上，横睡直睡都可以，不论怎睡都一躺下就舒服合适，好像陷在棉花堆里，一点也不硬碰骨头。还有一间，是预备给客人住的。此外是一间厨房，一个厕所，没有下房，因为根本不预备用仆人。家中不要电话，不要播音机，不要留声机，不要麻将牌，不要风扇，不要保险柜。缺乏的东西本来很多，不过这几项是故意不要的，有人白送给我也不要。

院子必须很大，靠墙有几株小果木树。除了一块长方的土地，平坦无草，足够打开太极拳的，其他的地方就都种着花草——没有一种珍贵费事的，只求昌茂多花。屋中至少有一只花猫，院中至少也有一两盆金鱼；小树上悬着小笼，二三绿蝈蝈随意地鸣着。

这就该说到人了。屋子不多，又不要仆人，人口自然不能很多：一妻和一儿一女就正合适。先生管擦地板与玻璃，打扫院子，收拾花木，给鱼换水，给蝈蝈一两块绿王瓜或几个毛豆；并管上街送信买书等事宜。太太管做饭，女儿任助手——顶好是十二三岁，不准小也不准大，老是十二三岁。儿子顶好是三岁，既会讲话，又胖胖的会淘气。母女于做饭之外，就做点针线，看小弟弟。大件衣服拿到外边去洗，小件的随时自己涮一涮。

既然有这么多工作，自然就没有多少工夫去听戏看电影。不过在过生日的时候，全家就出去玩半天；接一位亲或友的老太太给看家。过生日什么的永远不请客受礼，亲友家送来的红白帖子，就一概扔在字纸篓里，除非那真需要帮助的，才送一些干礼去。到过节过年的时候，吃食从丰，而且可以买一通纸牌，大家打打"索儿胡"，赌铁蚕豆或花生米。

男的没有固定的职业；只是每天写点诗或小说，每千字卖上四五十元钱。女的也没事做，除了家务就读些书。儿女永不上学，由父母教给画图、唱歌、跳舞——乱蹦也算一种舞法——和文字、手工之类。等到他们长大，或者也会仗着绘画或写文章卖一点钱吃饭；不过这是后话，顶好暂且不提。

这一家子人，因为吃得简单干净，而一天到晚又不闲着，所以身体都很不坏。因为身体好，所以没有肝火，大家都不爱闹脾气。除了为小猫上房、金鱼甩子等事着急之外，谁也不急赤白脸的。

大家的相貌也都很体面，不令人望而生厌。衣服可并不讲究，都做得很结实朴素；永远不穿又臭又硬的皮鞋。男的很体面，可不露电影明星气；女的很健美，可不红唇鬈毛的鼻子朝着天。孩子们都不卷着舌头说话，淘气而不讨厌。

这个家庭顶好是在北平，其次是成都或青岛，至坏也得在苏州。无论怎样吧，反正必须在中国，因为中国是顶文明顶平安的国家；理想的家庭必在理想的国内也。

大发议论

过年是一种艺术。咱们的先人就懂得贴春联、点红灯、换灶王像、馒头上印红梅花点，都是为使一切艺术化。爆竹虽然是噪音，但"灯儿带炮"便给声音加上彩色，有如感觉派诗人所用的字眼儿。盖自有史以来，中国人本是最艺术的，其过年比任何民族都更复杂、热闹、美好，自是民族之光，亦理所当然。

以烹调而言，上自龙肝凤肺，下至姜蒜大葱，无所不吃，且都有奇妙的味道。拿板凳腿做冰激凌，只要是中国人做的，给欧西的化学家吃，他也得莫名其妙，而连声夸好；即使稍有缺点，亦不过使肚子微痛一阵而已。吃了老鼠而再吃猫，既不辨其为鼠为猫，且不在肚中表演猫捕鼠的游戏，是之谓巧夺天工。烹调的方法既巧夺天工，新年便没法儿不火炽，没法儿不是艺术的。一碗清汤，两片牛肉，而后来个硬凉苹果，如西洋红毛鬼子的办法，只足引起伤心，哪里还有心肠去快活。反之，酒有茵陈玫瑰和佛手露，佐以蜜饯果儿——红的是山楂糕，绿的是青梅，黄的是橘饼，紫的是金丝蜜枣，有如长虹吹落，碎在桌上，斑斑块块如灿艳群星，而到了口中都甜津津的，不亦乐乎！加以八碟八碗，或更倍之，各发异香，连冒出的气儿都婉转缓腻，不像馒头揭锅，热气立散；于是吃一看二，咽一块不能不点点头，喝一口不能不咂咂嘴；或汤与块齐尝，则顺流而下，不知所之，岂不快哉！脑与口与肚一体舒畅，宜乎行令猜拳，吃个七八小时也。这是艺术。做得艺术，吃得艺术，于是一肚子艺术，而后题诗壁上，剪烛梅前，入了象牙之塔，出了象牙之狗，美哉新年也！

这不过略提了提"吃"，已足使弱小民族垂涎三尺，而万国来朝。至若吃饱喝足，面色微紫，或看牌，或掷骰，或顶牛，钩心斗角，各运心思，赢了微笑，输急才骂"妈的"；至若穿新衣、逛花灯、看亲戚、接姑奶奶与小外甥……只好从略，只好从略，以免六国联军又打天津。因羡生妒，至蛮不讲理，往往有之。

到了现在，过年的艺术不但在质上，就是在量上，也正在迈进。以次数说，新年起码有两个，增多了一倍。活个七老八十，而能过一百好几十次新年，正是：

五凤十雨皆为瑞，

一岁双年总是春。

人生七十古来稀；到而今，活五十岁而过一百次年，活不到七十也没多大关系了。这顺手儿就解决了人口过剩问题，因为活到四五十岁，已经过了一百来回年，在价值上总算过得夫了；那么，五十多而仍不死，就满可以立下遗嘱，而后把自己活埋了。不过，这是附带的话；如不愿活埋呢，也无须一定这么办，活着也好。书归正传：

两个新年，先过国历新年，然后再过"家历"新年。二者之间隔着那么几十天，恰好藕断丝连，顾此而不失彼，是诗意的跌宕，是艺术的沉醉，是电影的广告！前前后后三个来月，甚至于可以把冬至的馄饨接上端阳的粽子，而后紧跟着去到青岛避暑。天哪，感谢你使我们生在中国！

可是，人心不同，也有不这样看的。记得去年在我们镇上，铺户都在"家历"新年关上了门。小徒弟们在铺内敲锣打鼓，掌柜们把脸喝得怪红。邻家二大妈一向失于修饰，也戴上了朵小红绢石榴花。私塾中的学童们把《三字经》等放在神龛后面，暂由财神奶奶妥为照管。洋学堂的秀才们也回来凑热闹，过了灯节还舍不得走。这本是为艺术而艺术，并没有什么说不过去的地方。哪知道，镇上有位爱国志士发了议论：爱国的人应当遵守国历；再说，国历是最科学的。

我也说了话。我既也是镇上的圣人之一，自然不能增他人的锐气而减自己的威风。你看，大家听了志士的议论，虽然过年如故，可是心中有点不自在。我们镇上的人向来不提倡仇货；也不赞成妇女放脚，因为缠足是更含有国货的意味。他们不甘做不爱国的人，但是，他们没话反攻，而爱国志士就鼻孔朝天地得意起来。我不能不开口了！我说：过年是种艺术，谈不到科学；谁能在除夕吃地质学，喝王水，外加安末尼亚❶？再说，国历是科学的，连洋鬼子都知道，难道堂堂的天朝选民就不晓得？二月是二十八天，正合二十八宿，中西正是一理，

❶　"ammonia"的音译，即"氨气"。

不过，科学是日新月异的，将来一高兴，也许二月剩八天，巧合八卦图，而十二月来上五六十来天！再说，家历月月十五有圆月，而国历月月十五有圆太阳，阳胜于阴，理当乾纲大振，大家不怕老婆。可惜，圆月之外还有新月半月等等，而太阳没有出过太阳牙。

连邻家二大妈也听出我这一套是暗含讥讽，马上给我送过来一大盘年糕；虽然我看出糕的一角似被老鼠啃去，也还很感激她。她的话比年糕的价值还大。她说：八月十五云遮月，正月十五雪打灯。假如十五没月亮，这两句古语从何应验？还有，腊月三十要是出了圆月，咱们是过年好呢，还是拜月好呢？二大妈的话实在有理。于是设法传到爱国志士耳中，省得叫他目空一切。二大妈至少比他多吃过二三十年的年糕，这不是瞎说的。

他似乎也看出八月十五云遮月的重要，可是仍然不服气。他带着讽刺的味儿说：为什么不可以把吃喝玩乐都放在国历新年？莫非是天气不够冷的？

我先回答了他这末一句。对于此点我更有话说。过去的经验不定在什么时候就会大有用处；你看，我恰巧在南洋过过一次年。在那里，元旦依然是风扇与冰激凌的天气。大家赤着脚，穿着单衫，可是拼命地放爆竹、吃年糕、贴对子、买牡丹、祭财神。天气和六月里一样，而过年还是过年。这不是冷不冷的问题。冷也得过年，热也得过年，过年是种艺术，与寒暑表的升降无关。

至于为什么不把吃喝玩乐都放在国历新年，他是只知其一，不知其二。为表示爱国，为表示科学化，我们都应当遵守国历；国历国科国学国民等本来自成一系统。严格地说，一个国民而不欢欢喜喜地过下儿国历新年，理当斩首，号令国门。可是有一层，人当爱国，也当爱家。齐家而后能治国；试看古今多少英雄豪杰，哪个不是先把钱搂到家中，使家族风光起来，而后再谈国事？因此，国历与家历应当两存着；到爱国的时候就爱国，到爱家的时候便爱家，这才称得起是圣之时者。你真要在家历新年之际，三过其门而不入，留神尊夫人罚你跪下顶灯三小时；大冷的天，不是玩的！这不是要哪个与不要哪个的问题，也不是哪个好与哪个坏的问题，而是应当下一番功夫去研究怎样过新新年，与怎样过旧新年。二者的历史不同、性质不同、时间不同，种种不同，所以过法也得不同。把旧玩术都搬到新节令上来，不但是显着驴唇不对马嘴，而且是自己剥夺了生命的享受。反之，顺着天时地利与人和，各有各的办法，各有各的味道，才能算作生活的艺术。

以国历新年说吧。过这个年得带洋味，因为它是洋钦天监给规定的。在这个新年，见面不应说"多多发财"，而须说"害怕扭一耳"。非这么办不可，你必须带出洋味，以便别于家历新年。该新则新，该旧则旧，这一向是我们的长处。你自己穿洋服去跳舞，而叫小脚夫人在家中啃窝窝头，理当如此。过年也是这样。那么，过国历新年，应在大街上高搭彩牌，以示普天同庆。大家到大饭店去喝香槟。然后，去跳舞一番，或凑几个同志打打微高尔夫。约女朋友看看电影，或去听听西洋音乐，吃些块奶油巧克力，也不失体统。若能凑几个人演一出三幕戏，偏请女客为自己来鼓掌，那更有意思。不必去给父亲拜年，你父亲自然会看到你在报纸上登的贺年小广告。可是见着父亲的时候别忘了说"害怕扭一耳"。你应当做一身新洋服。总之，你要在这个时节充分地表现出来，你是爱国，你懂得新事，你会跳舞，你会溜冰。

这个年要过得似乎是洋鬼子，又不十分像；不像吧，又像。这也是一种艺术。若以酒类作喻，这是啤酒。虽然是酒，可又像汽水。拿准这个尺寸，这个新年正大有滋味，你要是不过它一下，你便永远摸不清个人与世界的关系。说到这儿，你顶好给美国总统写个贺年片，贴足邮票寄去。他要是不回拜的话，那是他的错儿，你居心无愧。

这么过了一个年，然后再等过那一个，艺术上的对照法。一个是浪漫的、摩登的、香槟与裸体美人的；一个是写实的、遗传的、家长里短的。你身过二年，胃收百味，是沟通东西文化的活水，是香槟与陈绍的产儿，是一切的一切！

应当再说怎过旧新年。不过，你早就知道。只须告诉你一句：无论是在哪个新年，总不应该还债。还有一句——只是一句了——在旧新年元旦出门，必先看好喜神是在哪一方；国历新年则不受此限制，你拿着顶出来也好。

爱国志士听了这一番高论，茅塞一顿一顿地都开了，托二大妈来约我去打几圈小麻雀，遂单刀赴会焉。

神的游戏

戏剧不是小说。假若我是个木匠，我一定说戏剧不是大锯。由正面说，戏剧是什么，大概我和多数的木匠都说不上来。对戏剧我是头等的外行。

可是，我作过戏剧。这只有我和字纸篓知道。看别人写戏，我也试试，正如看别人下海，我也去涮涮脚。原来戏剧和小说不是一回事。这个发现，多少是恼人的。

"小说是袖珍戏园"。不错。连卖瓜子的打手巾把的都有地位。形容那位睡着了的观客，和他的梦，都无所不可。一出戏，非把卖瓜子的逐出去不可，那位做梦的先生也该枪毙。戏剧限于台上那点玩意，而且必定不许台下有人睡觉。一些布景，几个人，说说笑笑或哭哭啼啼，这要使人承认为艺术；天哪，难死人也！景片的绳子松了一些，椅子腿有点活动，都不在话下；她一个劲儿使人明白人生、认识生命，拿揭显代替形容，拿吵嘴当作哲理，这简直不可能。可是真有会干这的！

设若戏剧是"一个"人的发明，他必是个神。小说，二大妈也会是发明人。从头说起吧。立意有了，人物、地点、时间，也都有了，这不应很乐观吗？是。于是提起笔来，终于放下，让谁先出来呢？设若是小说，我就大有办法。我能叫一混成旅一齐出来，也能叫一个人没有而大讲秋天的红叶。戏剧家必是个神，他晓得而且毫不迟疑地怎样开始。他似乎有件法宝，一祭起便成了个诛仙阵，把台下的众灵魂全引进阵去。并且是很简单呀，没有说明书，没有开场词，没有名人的介绍；一开幕便单摆浮搁地把阵式列开，一两个回合便把人心捉住，拿活人演活人的事，而且叫台下的活人郑重其事地感到一些什么，傻子似的笑或落泪。这个本事是真本事，我只能使眼前的白纸老那么白着吧。请想，我面对面地，十二分诚恳地，给二大妈述说一件事，她还不能明白，或是不愿听；怎样将两个人放在台上交谈一阵，就使她明白而且乐意听呢？大概不是她故意与我作难，就是我该死。

勉强地打了个头儿。一开幕，一胖一瘦在书房内谈话，窗外有片雪景，不坏。胖子先说话，瘦子一边听一边看报。也好。谈了两三分钟，胖子和瘦子的话是一个味儿，话都非常的漂亮，只是显不出胖子是怎么个人，瘦子是怎么个人。把笔放下，叹气。

过了十分钟，想起来了。该上女角了。女角一露面，胖子和瘦子之间便起了冲突，一起冲突便有了人格。好极了。女角出来了。她也加入谈话，三个人说的都一个味儿，始终是白开水。她打扮得很好，长得也不坏，说话也漂亮；她是怎么个人呢？没办法。胖子不替她介绍，瘦子也不管详述族谱，她自己更不好意思自述。这位救命星原来也是木头的。字纸篓里增多了两三张纸。

天才不应当承认失败，再来。这回，先从后头写。问题的解决是更难写的；先解决了，然后再倒转回来补充，似乎更保险。小说不必这样，因为无结果而散也是真实的情形。戏剧必须先作茧，到末了变出蛾子来。是的，先出蛾子好了。反正事实都已预备好，只凭一写了。写吧。胖子瘦子和姑娘又都出来了。还是木头的。瘦子娶了姑娘，胖子饮鸩而死，悲剧呀。自己没悲，胖子没悲，虽然是死了！事实很有味儿，就是人始终没活着。胖子和瘦子还打了一场呢，白打，最紧张处就是这一打，我自己先笑了。

念两本前人的悲剧，找点诀窍吧。哼！事实不如我的奇，穿插不如我的巧，言语没有我的俏，可是，也不是从哪里找来的，前前后后，里里外外，有股悲劲萦绕回环，好似与人物事实平行着一片秋云，空气便是凉飕飕的。不是闹鬼；定是有神。这位神，把人与事放在一个悲的宇宙里。不知他是先造的人呢，还是先造的那个宇宙。一切是在悲壮的律动里，这个律动把二大妈的泪引出来，满满地哭了两三天，泪越多心里越痛快。二大妈的灵魂已到封神台下去，甘心地等着被封为——哪怕是土地奶奶呢，到底是入了神界！

我完了。神始终不照顾我。他不给我这点力量。我的眼总是迷糊，看不见那么立体的一小块——其中有人有事有说有笑，一小块人生，一小块真理，一小块悲史，放在心里正合适，放在宇宙里便和宇宙融成一体，如气之与风。戏剧呀，神的游戏。木匠，还是用你的锯吧。

当幽默变成油抹

小二小三玩腻了：把落花生的尖端咬开一点，夹住耳垂当坠子，已经不能再做，因为耳坠不晓得是怎回事，全到了他们肚里去；还没有人能把花生吃完再拿它当耳坠！《儿童世界》上的插图也全看完了，没有一张满意的，因为据小二看，画着王家小五是王八的才能算好画，可是插画里没有这么一张。小二和王家小五前天打了一架，什么也不因为，并且一点不是小二的错，一点也不是小五的错；谁的错呢？没人知道。"小三，你当马吧？"小三这时节似乎什么也愿意干，只是不愿意当马。"再不然，咱们学狗打架玩？"小二又出了主意。"也好，可是得真咬耳朵？"小三愿事先问好，以免咬了小二的耳朵而去告诉妈妈。咬了耳朵还怎么再夹上花生当耳坠呢？小二不愿意。唱戏吧？好，唱戏。但是，先看看爸和妈干什么呢。假如爸不在家，正好偷偷地翻翻他那些杂志，有好看的图画可以撕下一两张来；然后再唱戏。

爸和妈都在书房里。爸手里拿着本薄杂志，可是没看；妈手里拿着些毛绳，可是没织；他们全笑呢。小二心里说大人也是好玩呀，不然，爸为什么拿着书不看，妈为什么拿着线不织？

爸说："真幽默，哎呀，真幽默！"爸嘴上的笑纹几乎通到耳根上去。

这几天爸常拿着那么一薄本米色皮的小书喊幽默。

小二小三自然是不懂什么叫幽默，而听成了油抹；可是油抹有什么可笑呢？小三不是为把油抹在袖口上挨过一顿打吗！大人油抹就不挨打而嘻嘻，不公道！

爸念了，一边念一边嘻嘻，眼睛有时候像要落泪，有时候一句还没念完，嘴里便哈哈哈。妈也跟着嘻嘻嘻。念的什么子路——小三听成了紫鹿——又是什么三民主义，而后嘻嘻嘻——一点也不可笑，而爸与妈偏嘻嘻嘻！

决定过去看看那小本是什么。爸不叫他们看："别这儿捣乱，一边儿玩去！"妈也说："玩去，等爸念完再来！"好像这个小薄本比什么都重要似的！也许爸和妈都吃多了；妈常说小孩子吃多了就胡闹，爸与妈也是如此。

念了半天，爸看了看表，然后把小本折好了一页，极小心地放在写字台的抽屉里："晚上再念；得出门了。"

"再念一段！"妈这半天连一针活也没做，还说再念一段呢，真不害羞！小三心里的小手指头直在脸上削，"没羞没臊，当间儿画个黑老道！"

"晚上，晚上！凑巧还许把第十期买来呢！"爸说，还是笑着。

爸爸走了，走到院里还嘻嘻呢；爸是吃多了！

妈拿着活计到里院去了。

小二小三决定要犯犯"不准动爸的书"的戒命。等妈走远了，轻轻地开了抽屉，拿出那本叫爸和妈嘻嘻的宝贝。他们全把大拇指放在嘴里呷着，大气不出地去找那招人笑的小鬼。他们以为书中必是有个小鬼，这个小鬼也许就叫作油抹。人一见油抹就要嘻嘻，或是哈哈。找了半天，一篇一篇全是黑字！有一张画，看不懂是什么，既不是小兔搬家，又不是小狗成亲，简直的什么也不像！这就可乐呀？字和这样的画要是可乐，为什么妈不许我们在墙上写字画图呢？

"咱们还是唱戏去吧？"小三不耐烦了。

"小三，看，这个小盒也在这儿呢，爸不许咱们动，愣偷偷地看看？"小二建议。

已经偷看了书，为什么不再偷看看小盒？就是挨打也是一顿。小三想得很精密。

把小盒轻轻打开，嗬，里边一管挨着一管，都是刷牙膏，可是比刷牙膏的管小些细些。小二把小铅盖转了转，挤，咕——挤出滑溜溜的一条小红虫来，哎呀有趣！小三的眼睁得像两个新铜子，又亮又圆。

"来，我挤一个！"他另拿了管，咕——挤出条碧绿的小虫来。

一管一管，全挤过了，什么颜色的也有，真好玩！小二拿起盒里的一支小硬笔，往笔上挤了些红膏，要往牙上擦。

"小二，别，万一这是爸的冻疮药呢？"

"不能，冻疮药在妈的抽屉里呢。"

"等等，不是药，也许呀，也许呀——"小三想了半天想不出是什么。

"这么着吧，小三，把小管全挤在桌上，咱们打花脸吧？"

"唱——那天你和爸听什么来着？"小三的戏剧知识只是由小二得来的那些。

"有花脸的那个？嘀咕的嘀咕嘀嘀咕！《黄鹤楼》！"

"就唱《黄鹤楼》吧！你打红脸，我打绿脸。嘀咕嘀——"

"《黄鹤楼》里没有绿脸！"小二觉得小三对扮戏是没发言权的。

"假装的有个绿脸就得了嘛！糖挑上的泥人戏出就有绿脸的。"

两个把管里的小虫全挤得越长越好，而后用小硬笔往脸上抹。

"小二，我说这不是牙膏，你瞧，还油亮油亮的呢。嗬，抹在脸上有点漆得慌！"

"别说话；你的嘴直动，我怎给你画呀?！"小二给小三的腮上打些紫道，虽然小三是要打绿脸。

正这么打脸，没想到，爸回来了！

"你们俩干什么呢？干什么呢！"

"我们——"小二一慌把小刷子放在小三的头上。

小三，正闭着眼等小二给画眉毛，睁开了眼。

"你们干什么?！"爸是动了气："二十多块一盒的油！"

"对啦，爸，我们这儿油抹呢！"小三直抓腮部，因为油漆得不好受。

"什么油抹呀？"

"不是爸看这本习书的时候，跟妈说，真油抹，爸笑妈也笑吗？"

"这本小书？"爸指着桌上那本说："从此不再看《论语》！"

爸真生了气。一下子坐在椅子上，气哼哼地，不自觉地，从衣袋里掏出一本小书——样子和桌上那本一样。

乘着爸看新买来的小书，小二小三七手八脚把小管全收在盒里，小三从头上揭下小笔，也放进去。

爸又看入了神，嘴角又慢慢往上弯。小二们的《黄鹤楼》是不敢唱了，可也不敢走开，敬候着爸的发落。

　　爸又嘻嘻了，拍了大腿一下："真幽默！"

　　小三向小二咬耳朵："爸是假装油抹，咱们才是真油抹呢！"

婆婆话

一位友人从远道而来看我，已七八年没见面，谈起来所以非常高兴。一来二去，我问他有了几个小孩？他连连摇头，答以尚未有妻。他已三十五六，还做光棍儿，倒也有些意思；引起我的话来，大致如下：

我结婚也不算早，做新郎时已三十四岁了。为什么不肯早些办这桩事呢？最大的原因是自己挣钱不多，而负担很大，所以不愿再套上一份麻烦，做双重的马牛。人生本来是非马即牛，不管是贵是贱，谁也逃不出衣食住行，与那油盐酱醋。不过，牛马之中也有些性子刚硬的，挨了一鞭，也敢回敬一个别扭。合则留，不合则去，我不能在以劳力换金钱之外，还赔上狗事巴结人，由马牛降作走狗。这么一来，随时有卷起铺盖滚蛋的可能，也就得有些准备：积极的是储蓄俩钱，以备长期抵抗；消极的是即使挨饿，独身一个总不致灾情扩大。所以我不肯结婚。卖国贼很可以是慈父良夫，错处是只尽了家庭中的责任，而忘了社会国家。我的不婚，越想越有理。

及至过了三十而立，虽有桌椅板凳亦不敢坐，时觉四顾茫然。第一个是老母亲的劝告，虽然不明说："为了养活我，你牺牲了自己，我是怎样的难过！"可是再说硬话实在使老人难堪；只好告诉母亲：不久即有好消息。君子一言，驷马难追；一透口话，就满城风雨。朋友们不论老少男女，立刻都觉得有做媒的资格，而且说得也确是近情近理；平日真没想到他们能如此高明。最普遍而且最动听的——不晓得他们都是从哪儿学来的这一套？——是：老光棍儿正如老姑娘。独居惯了就慢慢养成绝户脾气——万要不得的脾气！一个人，他们说，总得活泼泼的，各尽所长，快活地忙一辈子。因不婚而弄得脾气古怪，自己苦恼，大家不痛快，这是何苦？这个，的确足以打动一个卅多岁，对世事有些经验的人！即使我不希望升官发财，我也不甘成为一个老别扭鬼。

那么经济问题呢？我问他们。我以为这必能问住他们，因为他们必不会因为怕我成了老绝户而愿每月津贴我多少钱。哼，他们的话更多了。第一，两个人的花销不必比一个人多到哪里去；第二，即使多花一些，可是苦乐相抵，也不算吃亏；第三，找位能挣些钱的女子，共同合作，也许从此就富裕起来；第四，就说她不能挣钱，而且多花一些，人生本来是经验与努力，不能永远消极地防备，而当努力前进。

说到这里，他们不管我相信这些与否，马上就给我介绍女友了。仿佛是我决不会去自己找到似的。可是，他们又有文章。恋爱本无须找人帮忙，他们晓得；不过，在恋爱期间，理智往往弱于感情；一旦造成了将错就错的局面，必会将恩作怨，糟糕到底。反之，经友人介绍，旁观者清，即使未必准是半斤八两，到底是过了磅的有个准数。多一番理智的考核，使少一些感情的瞎碰。双方既都到了男大当娶、女大当聘之年，而且都愿结婚，一经介绍，必定郑重其事地为结婚而结婚，不是过过恋爱的瘾，况且结婚就是结婚；所谓同居，所谓试婚，所谓解决性欲问题，原来都是这一套。同居而不婚，也得两人吃饭，也得生儿养女；并不因为思想高明，而可以专接吻，不用吃饭！

我没了办法。你一言，我一语，说得我心中闹得慌。似乎只有结婚才能心静，别无办法。于是我就结了婚。

到如今，结婚已有五年，有了一儿一女。把五年的经验和婚前所听到的理论相证，倒也怪有个味儿。

第一该说脾气。不错，朋友们说对了：有了家，脾气确是柔和了一些。我必定得说，这是结婚的好处。打算平安地过活必须采纳对方的意见，阳纲或阴纲独振全得出毛病；男女同居，根本需要民治精神，独裁必引起革命；努力于此种革命并不足以升官发财，而打得头破血出倒颇悲壮而泄气。彼此非纳着点气儿不可，久而久之都感到精神的胜利，凡事可以和平解决，夫妇俱可成圣矣。

这个，可并不能完全打倒我在婚前的主张：独身气壮，天不怕地不怕；结婚气馁，该瞅着的就得低头。我的顾虑一点不算多此一举。结了婚，脾气确是柔和了，心气可也跟着软下来。为两个人打算，绝不会像一人吃饱天下太平那么干脆。于是该将就者便须将就，不便挺起胸来大吹浩然之气，恋爱可以自由，结婚无自由。

朋友们说对了。我也并没说错。这个，请老兄自己去判断，假如你想结婚的话。

第二该说经济。现在，如果再有人对我说，俩人花钱不见得比一人多，我一定毫不迟疑地敬他一个嘴巴子。俩人是俩人，多数加 S，钱也得随着加 S。是的，太太可以去挣钱，俩人比一人挣得多；可是花得也多呀。公园、电影场，绝不会有"太太免票"的办法，别的就不用说了。及至有了小孩，简直的就不能再有什么预算决算，小孩比皇上还会花钱。太太的事不能再做，顾了挣钱就顾不了小孩，因挣钱而把小孩养坏，照样的不上算；好，太太专看小孩，老爷专去挣钱，小孩专管花钱，不破产者鲜矣。

自然小孩会带来许多快乐，做了父母的夫妻特别的能彼此原谅，而小胖孩子又是那么天真可爱。单单地伸出一个胖手指已足使人笑上半天。可是，小胖子可别生病；一生病，爸的表、娘的戒指，全得暂入当铺，而且昼夜吃不好、睡不安，不亚于国难当前。割割扁桃腺，得一百块！幸亏正是扁桃腺，这要是整个的圆桃，说不定就得上万！以我自己说，我对儿女总算不肯溺爱，可是只就医药费一项来说，已经使我的肩背又弯了许多。有病难道不给治吗？小孩真是金子堆成的。这还没提到将来的教育费——谁敢去想，闭着眼瞎混吧！

有人会说喽，结婚之后顶好不要小孩呀。不用听那一套。我看见不少了，夫妻因为没有小孩而感情越来越坏，甚至去抱来个娃娃，暂时敷衍一下。有小孩才像家庭；不然，家庭便和旅馆一样。要有小孩，还是早些有的为是。一来，妇女岁数稍大，生产就更多危险；二来，早些有子女，虽然花费很多，可是多少能早些有个打算，即使计划不能实现，究竟想有个准备；一想到将来，便想到子女，多少心中要思索一番，对于做事花钱就不能不小心。这样，夫妇自自然然地会老成一些了，要按着老法子说呢，父母养活子女，赶到子女长大便倒过头来养活父母。假如此法还能适用，那么早有小孩，更为上算。假如父亲在四十岁上才有了儿子，儿子到二十的时候，父亲已经六十了；说不定，也许活不到六十的；即使儿子应用古法，想养活父亲，而父亲已入了棺材，哪能喝酒吃饭？

这个，朋友，假若你想结婚的话，又该去思索一番。娶妻需花钱，生儿养女需花钱，负担日大，肩背日弯，好不伤心；同时，结婚有益，有子也有乐趣，即使乐不抵苦，可是生命至少不显着空虚。如何之处，统希鉴裁！

至于娶什么样的太太，问题太大，一言难尽。不过，我看出这么点来：美不是一切。太太不是图画与雕刻，可以用审美的态度去鉴赏。人的美还有品德体格的成分在内。健壮比美更重要。一位爱生病的太太不大容易使家庭快乐可爱。学问也不是顶要紧的，因为有钱可以自己立个图书馆，何必一定等太太来丰富你的或任何人的学问？据我看，结婚是关系于人生的根本问题的；即使高调很受听，可是我不能不本着良心说话，吃、喝、性欲、繁殖，在结婚问题中比什么理想与学问也更要紧。我并不是说妇人应当只管洗衣做饭抱孩子，不应读书做事。我是说，既来到婚姻问题上，既来到家庭快乐上，就乘早不必唱高调，说那些闲盘儿。这是个实际问题，是解决生命的根源上的几项问题，那么，说真实的吧，不必弄一套之乎者也。一个美的摆设，正如一个有学问的摆设，都是很好的摆设，可是未见得是位好的太太。假若你是富家翁呢，那就随便地弄什么摆设也好。不幸，你只是个普通的人，那么，一个会操持家务的太太实在是必要的。假如说吧，你娶了一位哲学博士，长得也顶美，可是一进厨房便觉恶心，夜里和你讨论康德的哲学，力主生育节制，即使有了小孩也不会抱着，你怎办？听我的话，要娶，就娶个能做贤妻良母的。尽管大家高喊打倒贤妻良母主义，你的快乐你知道。这并不完全是自私，因为一位不希望做贤妻良母的满可以不嫁而专为社会服务呀。假如一位反抗贤妻良母的而又偏偏去嫁人，嫁了人又连自己的袜子都不会或不肯洗，那才是自私呢。不想结婚，好，什么主义也可以喊；既要结婚，须承认这是个实际问题，不必弄玄虚。夫妻怎不可以谈学问呢；可是有了五个小孩，欠着五百元债，明天的房钱还没指望，要能谈学问才怪！两个帮手，彼此帮忙，是上等婚姻。

有人根本不承认家庭为合理的组织，于是结婚也就成为可笑之举。这另有说法，不是咱们所要谈的。咱们谈的是结婚与组织家庭，那么，这套婆婆话也许有一点点用，多少地备你参考吧。

不旅行记

　　四五年来，除非有要紧的事，简直没有出过门。不是不爱旅行，是怕由旅行而来的那些别扭。我能走路，不怕吃苦，按说该常出去跑跑了，可是我害怕，于是"没有地方比家里好"就几乎成了格言。

　　跟许多人一块旅行，领教过了，不敢再往前巴结。十个人十个意见，游遍了全球，还是十个意见。甲要看山，乙主张先去买东西，而丙以为应先玩八圈小牌，途上不打死一个半个的就算幸事。意见既不一致，而且人人想占便宜，就是咱处处讲退让，也有受不了的时候。比如说：人家睡床，让咱睡地，咱当然不说什么。可是及至人家摸到臭虫而往地上扔，咱就是木头人也似乎应当再把臭虫扔回去，这就非开仗不可了。再说呢，人多胆大，凡是平常不敢做的都要做做。谁都晓得农民的疾苦，平常也老喊着到乡间去；及至十来位文明人到了乡间，偷果子，踏青苗，什么不得人心的事都干得出。举此一例，已足使人望而生畏；要旅行，我一个人走。

　　可是一个人又寂寞。顶好找个地理熟、人性好、彼此说得来的，而且都不慌不忙地慢慢地走、细细地看。这个伴上哪里找呢？即使找到，他多半是没工夫；及至他有了空闲，我又不定怎样。

不论独自走还是有了好伴儿吧，路上的别扭事儿还多得很呢。比如在火车上，三等车的挤与脏，咱都能受，但是受不了查票员那份儿神气。我要是杀了他，自然觉得痛快一些，可是抵起命来也是我的事，似乎就稍差一点，于是心中就老痛快不了。其次就是拿免票或"托付"过了的人，也使我吃不住。这种人多半是非常的精明、懂世面，在行动上处处表现着他们的优越，使有票的人觉得自己简直不成东西。有票的人立着，没票的人坐着，有票的人坐着，没票的人躺着，彼此间老差着一等。假若我要争平等而战，苦子是我的，在法律上与人情上都不允许有票的人胜利。生气，活该！车上卖烟卷与面包的小贩也够办。他使我感到花钱买东西是多么下贱的事，而我又不愿给他一角钱而跪接十支"大长城"。赶到下了车，出了站台，洋车上"大升栈吧"的围困倒是小事。因为这近乎人情，谁不想拉到买卖呢。我受不了那啪啪的鞭声，维持秩序的鞭声。它使我做梦还哆嗦！

旅馆，又是个大问题。好的贵，住不起。坏的真脏，这且不提，敲竹杠太不受用。只好住中等的，臭虫不多，也不少，恰恰中等；屋中有红漆马桶，独自享用。这都好，假如能平安睡觉的话。但是中等旅客总不喜欢睡觉，牌声、电话声、唱戏声，昼夜不停，好一片太平景象，只苦了我这非要睡觉不可的。

旅馆多困难，找亲戚吧。这也有不少难处：太熟的人不能找，他们不拿客人待你，本系好事，可是一家八口全把几年中积下来的陈谷子烂芝麻对你细讲，夜以继日，你怎么办呢？我没办法。碰巧了呢，他们全出去有事，而托我看家，我算干什么的呢？还有一样，他们住惯了那个地方，看什么也不出奇，所以我一提出去，他们仿佛就以为我看不起他们，而偏疼他们的地方……生朋友自然不能找，连偶然遇见都了不得。他一定得请我吃饭，我一定得还席；他一定得捏着鼻子陪我逛逛，我一定得捏着鼻子买些谢礼；他一定得说我发了福，我一定得说他的孩子长了身量……这不是旅行。

住学校或青年会❶比较的好些，可是必得带着讲演稿子，一定得请演说。讲完了，第二天报纸上总会骂上一大顿，即使讲得没什么毛病，也会嫌讲演者脸上有点麻子。

幸而找到了个理想的地方，人不知鬼不觉地玩个痛快，可是等到回了家，多少会有几封信来骂阵："怎么不来看看我们！""怎么这等看不起人！"……赶紧得写信道歉，说我生平所最不爱说的谎。就是外面不来这些信，家里的人和亲友们也不能善罢甘休啊！大老远地回来，连点土物也不带？！就是不带礼物吧，总该来看看我们吧……我的罪孽深重！反之，我真把先施公司❷给他们搬了来，他们也许有相当的满意，可是明火绑票我也受不了！

这都是些小事，自然；可是真别扭！莫若家里一蹲，乘早不必劳民伤财。作不旅行记。

<hr />

❶ 指基督教青年会（Young Men's Christian Association），全球性基督教青年社会服务团体，当时国内主要城市均设有该组织。

❷ 当时一家大型百货公司，由侨商马应彪创办，总部设在香港。

鬼与狐

　　我所见过的鬼都是鼻眼俱全，带着腿儿，白天在街上溜达的。夜间出来活动的鬼，还未曾遇到过；不是他们的过错，而是因为我不敢走黑道儿。平均地说，我总是晚上九点后十点前睡觉，鬼们还未曾出来；一睁眼就又天亮了，据说鬼们是在鸡鸣以前回家休息的。所以我老与鬼们两不照面，向无交往。即使有时候鬼在半夜扒着窗户看看我，我向来是睡得如死狗一般，大概他们也不大好意思惊动我。据我推测，鬼的拿手戏是在吓唬人；那么，我夜间不醒，他也就没办法。就是他想一口冷气把我吹死，到底未能先使我的头发立起如刺猬的样子，他大概是不会过瘾的。

　　假若黑夜的鬼可以躲避，白天的鬼倒真没法儿防备。我不能白天也老睡觉。只要我一上街，总得遇上他。有时候在家中静坐，他会找上门来。夜里的鬼并不这样讨人嫌。还有呢，夜间的鬼有种种奇装异服与怪脸面，使人一见就知道鬼来了，如披散着头发、吐着舌头、走道儿没声音和驾着阴风等。这些特异的标识使人先有个准备，能打呢就和他开仗，如若个子太高或样子太可怕呢，咱就给他表演个二百米或一英里竞走，虽然他也许打破我的纪录，而跑到前面去，可是到底我有个希望。白天的鬼，哼，比夜间的要厉害着多少倍，简直不知多少倍。第一，他不吐舌头，也不打旋风；他只在你不留神的时候，脚底下一绊，你准得躺下。他的样子一点也不见得比我难看，十之八九是胖胖的，一肚子鬼胎。他要能吓唬你，自然是见面就"虎"一气了；可是一般地说，他不"虎"，而是嬉皮笑脸地讨人喜欢，等你中了他的计策之后，你才觉出他比棺材板还硬还凉。他与夜鬼的分别是这样：夜鬼拿人当人待，他至多不过希望拉个替身；白日鬼根本不拿人当人，你只是他的诡计中的一个环节，你永远逃不出他的圈儿。夜鬼大概多少有点委屈，所以白脸红舌头地出出恶气，这情有可原。白日鬼什么委屈也没有，他干脆要占别人的便宜。夜鬼不讲什么道德，因为他晓得自己是鬼；白日鬼很讲道德，嘴里讲，心里是男盗女娼一应俱全。更厉害的是他比夜鬼的心眼多，他知道怎样有组织，用大家的势力摆下迷魂大阵，把他所要收拾的一一地捉进阵去。在夜鬼的历史里，很少有大头鬼、吊死鬼等联合起来做大规模运动的。白日鬼可就两样了，他们永远有团体、有计划，使你躲开这个，躲不开那个，早晚得落在他们的手中。夜鬼因为势力孤单，他知道怎样不专凭势力，而有时也去找个清官，如包老爷之流，诉诉委屈，而从法律上雪冤报仇。白日鬼不讲这一套，世上的包老爷多数死在他们的手里，更不用说别人了。这种鬼的存在似乎专为害人，就是害不死人，也把人气死。他们什么也晓得，只是不晓得怎样不讨厌。他们的心眼很复杂，很快，很柔软——像块皮糖似的怎揉怎合适，怎方便怎去。他们没有半点火气，地道的纯阴，心凉得像块冰似的，口中叨着大吕宋烟。

这种无处无时不讨厌的鬼似乎该有个名称，我想"不知死的鬼"就很恰当。这种鬼虽具有人形，而心肺则似乎不与人心人肺的标本一样。他在顶小的利益上看出天大的甜头，在极黑暗的地方看出美，找到享乐。他吃，他唱，他交媾，他不知道死。这种玩意们把世界弄成了鬼的世界，有地狱的黑暗，而无其严肃。

鬼之外，应当说到狐。在狐的历史里，似乎女权很高，千年白狐总是变成妖艳的小娘子——可惜就是有时候露出点小尾巴。虽然有时候狐也变成白发老翁，可是究竟是老翁，少壮的男狐精就不大听说。因此，鬼若是可怕，狐便可怕而又可喜，往往使人舍不得她。她浪漫。

因为浪漫，狐似乎有点傻气，至少比"不知死的鬼"傻多了。修炼了千年或更长的时间才能化为人形，不刻苦的继续下功夫，却偏偏为爱情而牺牲，以至被张天师的张手雷打个粉碎，其愚不可及也。况且所爱的往往不是有汽车高楼的痴胖子，而是风流年少的穷书生；这太不上算了，要按着世上女鬼的逻辑说。

狐的手段也不高明。对于得恶他们的人，只会给饭锅里扔把沙子，或把茶壶茶碗放在厕所里去。这种办法太幼稚，只能恼人而不叫人真怕他们。于是人们请来高僧或捉妖的老道，门前挂上符咒，老少狐仙便即刻搬家。在这一点上，狐远不及鬼，更不及白日的鬼。鬼会在半夜三更叫唤几声，就把人吓得藏在被窝里出白毛汗，至少得烧点纸钱安慰安慰冤魂。至于那白日鬼就更厉害了，他会不动声色的，跟你一块吃喝的工夫，把你送到阴间去，到了阴间你还不知道是怎回事呢。

我以为说鬼说狐的故事与文艺大概多数的是为造成一种恐怖，

故意地供给一种人为的哆嗦，好使心中空洞的人有些一想就颤抖的东西——神经的冷水浴。在这个目的以外，也许还有时候含着点教训，如鬼狐的报恩等。不论是怎样吧，写这样故事的人大概都是为避免着人事，因为人事中的阴险诡诈远非鬼所能及；鬼的能力与心计太有限了，所以鬼事倒比较的容易写一些。至于鬼狐报恩一类的事，也许是求之人世而不可得，乃转而求诸鬼狐吧。

梦想的文艺

　　我盼望总会有那么一天，我可以随便到世界任何地方去，而没有人偷偷地跟在我的背后，没有人盘问我到哪里去和干什么去，也没有人检查我的行李。那就是我的理想世界！在那个世界里，我爱写什么便写什么，正如同我爱到何处去便到何处那样。我相信，在那个世界里，文艺将是讲绝对的真理的，既不忌讳什么而吞吞吐吐，也不因遵守标语口号而把某一帮一行的片面，当作真理。那时候，我的笔下对真理负责，而不帮着张三或李四去辩论曲直是非——他们俩最好找律师去解决那些鸡毛蒜皮的事。

　　那时候，我若到了德国，便直言无隐地告诉德国人，他们招待客人还太拘形式，使我感到不舒服。（德国人在那时候当然已早忘了制造战争，而很忠诚地制造阿司匹灵。）他们听了并不生气，而赶快去研究怎样可以不拘形式而把客人招待得从心眼里觉得安逸。同样的，我可以在伦敦讽刺英国的士大夫：他们为什么那样注意戴礼帽，拿雨伞，而不设法去消灭或减少伦敦的黑雾。那些有幽默感的英国人笑着接受了我的暗示，于是国会决议：每天起飞五千架重轰炸机往下洒极细的沙子，把黑雾过滤成白雾，而伦敦市民就一律因此增寿十年。

我的笔将是温和的，微微含笑的，不发气的，写出聪明的合理的话。我不必粗脖子红脸地叫喊什么，那样是会使文字粗糙，失去美丽的。我不必顾虑我的话会引来棍棒与砖头，除非我是说了谎或乱骂了人。那时候的社会上求真的习尚，使写家必须像先知似的说出警告，那时候人们的审美力的提高，使作家必须唱出他的话语，像春莺似的美妙。

昨天我听见一个四十多岁的汉子，对一个十九岁的学生说：

"你要真理？我的话便是真理！听从我的话便是听从真理！我这个真理会叫你有衣有食，有津贴好拿！在我的真理以外，你要想另找一个，你便会找到监狱、毒刑、死亡！想想看，你才十九岁，青春多么可爱呀！"

这几句话使我颤抖了好大半天。我不晓得那个十九岁的孩子后来怎样回答，我一声没出。我可是愿意说出我的愿望，尽管那个愿望是永不会实现的梦想！

谈幽默

"幽默"这个字在字典上有十来个不同的定义。还是把字典放下，让咱们随便谈吧。据我看，它首要的是一种心态。我们知道，有许多人是神经过敏的，每每以过度的感情看事，而不肯容人。这样人假若是文艺作家，他的作品中必含着强烈的刺激性，或牢骚，或伤感；他老看别人不顺眼，而愿使大家都随着他自己走，或是对自己的遭遇不满，而伤感的自冷。反之，幽默的人便不这样，他既不呼号叫骂、看别人都不是东西，也不顾影自怜，看自己如一活宝贝。他是由事事中看出可笑之点，而技巧地写出来。他自己看出人间的缺欠，也愿使别人看到。不但仅是看到，他还承认人类的缺欠；于是人人有可笑之处，他自己也非例外，再往大处一想，人寿百年，而企图无限，根本矛盾可笑。于是笑里带着同情，而幽默乃通于深奥。所以 Thackeray❶ 说："幽默的写家是要唤醒与指导你的爱心、怜悯、善意——你的恨恶不实在，

---

❶　萨克雷（1811—1863），英国作家，代表作《名利场》。

假装，作伪——你的同情与弱者、穷者、被压迫者、不快乐者。"

Walpole[1]说："幽默者'看'事，悲剧家'觉'之。"这句话更能补证上面的一段。我们细心"看"事物，总可以发现些缺欠可笑之处；及至钉着坑儿去顺摸，便要悲观了。

我们应再进一步地问，除了上面这点说明，能不能再清楚一些地认识幽默呢？好吧，我们先拿出几个与它相近，而且往往与它相关的几个字，与它比一比，或者可以稍微使我们清楚一点。反语（irony）、讽刺（satire）、机智（wit）、滑稽剧（farce）、奇趣（whimsicality），这几个字都和幽默有相当的关系。我们先说那个最难讲的——奇趣。这个字在应用上是很松泛的，无论什么样子的打趣与奇想都可以用这个字来表示，《西游记》的奇事、《镜花缘》中的冒险、《庄子》的寓言，都可以叫作奇趣。可是，在分析文艺品类的时候，往往以奇趣与幽默放在一处，如《现代小说的研究》的著者 Marble[2] 便把 whimsicality and humour[3] 作为一类。这大概是因为奇趣的范围很广，为方便起见，就把幽默也加了进去。一般地说，幻想的作品——即使是别有目的——不能不利用幽默，以便使文字生动有趣；所以这二者——奇趣与幽默——就往往成了一家人。这个，简直不但不能帮忙我们看明何为幽默，反倒使我更糊涂了。不过，有一点可是很清楚：就是文字要生动有趣，必须利用幽默。在这里，我们没弄清幽默是什么，可是明白幽默是很

---

[1] 沃波尔（1717—1797），英国作家，代表作《奥特兰托城堡》。

[2] 马布尔。

[3] 奇趣和幽默。

重要的一个效用。假若干燥、晦涩、无趣，是文艺的致命伤，幽默便有了很大的重要；这就是它之所以成为文艺的因素之一的缘故吧。

至于反语，便和幽默有些不同了；虽然它俩还是可以联合在一处的东西。反语是暗示出一种冲突。这就是说，一句中有两个相反的意思，所要说的真意却不在话内，而是暗示出来的。《史记》上载着这么回事：秦始皇要修个大园子，优游对他说："好哇，多多收集飞禽走兽，等敌人从东方来的时候，就叫麋鹿去挡一阵，满好！"这个话，在表面上，是顺着始皇的意思说的。可是咱们和始皇都能听出其中的真意；不管咱们怎样吧，反正始皇就没再提造园的事。优游的话便是反语。它比幽默要轻妙冷静一些。它也能引起我们的笑，可是得明白了它的真意以后才能笑。它在文艺中，特别是小品文中，是风格轻妙、引人微笑的助成者。据会古希腊语的说：这个字原意便是"说"，以别于"意"。因此，这个字还有个较实在的用处——在文艺中描写人生的矛盾与冲突，直以此字的含义用之人生上，而不只在文字上声东击西。在悲剧中或小说中，聪明的人每每落在自己的陷阱里，聪明反被聪明误；这个，和与此相类的矛盾，普遍被称为 Sophoclean irony❶。不过，这与幽默是没什么关系的。

现在说讽刺。讽刺必须幽默，但它比幽默厉害。它必须用极锐利的口吻说出来，给人一种极强烈的冷嘲；它不使我们痛快地笑，而是使我们淡淡地一笑，笑完因反省而面红过耳。讽刺家故意地使我们不同情于他所描写的人或事。在它的领域里，反语的应用似乎较多于幽默，

---

❶ 索福克里斯的反语。

因为反语也是冷静的。讽刺家的心态好似是看透了这个世界，而去极巧妙地攻击人类的短处，如《海外轩渠录》，如《镜花缘》中的一部分，都是这种心态的表现。幽默者的心是热的，讽刺家的心是冷的；因此，讽刺多是破坏的。马克·吐温（Mark Twain）可以被人形容作："粗壮，心宽，有天赋的用字之才，使我们一齐发笑。他以草原的野火与西方的泥土建设起他的真实的罗曼司，指示给我们，在一切重要之点上我们都是一样的。"这是个幽默者。让咱们来看看讽刺家是什么样子吧。好，看看Swift❶这个家伙；当他赞美自己的作品时，他这么说："好上帝。我写那本书的时候，我是何等的一个天才呀！"在他廿六岁的时候，他希望他的诗能够："每一行会刺，会炸，像短刃与火。"是的，幽默与讽刺二者常常在一块儿露面，不易分划开；可是，幽默者与讽刺家的心态，大体上是有很清楚的区别的。幽默者有个热心肠儿，讽刺家则时常由婉刺而进为笑骂与嘲弄。在文艺的形式上也可以看出二者的区别来：作品可以整个的叫作讽刺，一出戏或一部小说都可以在书名下注明 a satire。幽默不能这样。"幽默的"至多不过是形容作品的可笑，并不足以说明内容的含意如何。"一个讽刺"——a satire——则分明是有计划的，整本大套地讥讽或嘲骂。一本讽刺的戏剧或小说，必有个道德的目的，以笑来矫正或诛伐。幽默的作品也能有道德的目的，但不必一定如此。讽刺因道德目的而必须毒辣不留情，幽默则宽泛一些，也就宽厚一些，它可以讽刺，也可以不讽刺，一高兴还可以什么也不为而只求和大家笑一场。

---

❶ 司威夫特（1667—1745），英国讽刺作家，代表作《格列佛游记》。

机智是什么呢？它是用极聪明的、极锐利的言语，来道出像格言似的东西，使人读了心跳。中国的老子、庄子都有这种聪明。讽刺已经很厉害了，可到底要设法从旁面攻击；至于机智则是劈面一刀，登时见血。"圣人不死，大盗不止！"这才够味儿。不论这个道理如何，它的说法的锐敏就够使人跳起来的了。有机智的人大概是看出一条真理，便毫不含糊地写出来；幽默的人是看出可笑的事而技巧地写出来；前者纯用理智，后者则赖想象来帮忙。Chesterton❶说："在事物中看出一贯的，是有机智的。在事物中看出不一贯的，是个幽默者。"这样，机智地应用，自然在讽刺中比在幽默中多，因为幽默者的心态较为温厚，而讽刺与机智则要显出个人思想的优越。

滑稽戏——farce——在中国的老话儿里应叫作"闹戏"，如《瞎子逛灯》之类。这种东西没有多少意思，不过是充分地做出可笑的局面，引人发笑。在影戏的短片中，什么把一套碟子都摔在头上，什么把汽车开进墙里去，就是这种东西。这是幽默发了疯；它抓住幽默的一点原理与技巧而充分地去发展，不管别的，只管逗笑，假若机智是感诉理智的，闹戏则仗着身体的摔打乱闹。喜剧批评生命，闹戏是故意招笑。假若幽默也可以分等的话，这是最下级的幽默。因为它要摔打乱闹的行动，所以在舞台上较易表现；在小说与诗中几乎没有什么地位。不过，在近代幽默短篇小说里往往只为逗笑，而忽略了——或根本缺乏——那"笑的哲人"的态度。这种作品使我们笑得肚痛，但是除了对读者的身体也许有点益处——笑为化食糖呀——而外，恐怕任什么也没

❶　切斯特顿（1874—1936），英国小说家、诗人，代表作《布朗神父探案》。

有了。

有上面这一点粗略的分析，我们现在或者清楚一些了：反语是似是而非，借此说彼；幽默有时候也有弦外之音，但不必老这个样子。讽刺是文艺的一格，诗，戏剧，小说，都可以整篇地被呼为 a satire；幽默在态度上没有讽刺这样厉害，在文体上也不这样严整。机智是将世事人心放在 X 光线下照透，幽默则不带这种超越的态度，而似乎把人都看成兄弟，大家都有短处。闹戏是幽默的一种，但不甚高明。

拿几句话作例子，也许就更能清楚一些：

今天贴了标语，明天中国就强起来——反语。

君子国的标语："之乎者也"——讽刺。

标语是弱者的广告——机智。

张三把"提倡国货"的标语贴在祖坟上——滑稽；再加上些贴标语时怎样摔跟头等招笑的行动，就成了闹戏。

张三把"打倒帝国主义走狗"贴成"走狗打倒帝国主义"——幽默；这个张三贴一天的标语也许才挣三毛小洋，贴错了当然要受罚；我们笑这种贴法，可是很可怜张三。

这几个例子摆在纸面上也许能帮助我们分别地认清它们，但在事实上是不易这样分划开的。从性质上说，机智与讽刺不易分开，讽刺也有时候要利用闹戏；至于幽默，就更难独立。从一篇文章上说，一篇幽默的文字也许利用各种方法，很难纯粹。我们简直可以把这些都包括在幽默之内，而把它们看成各种手法与情调。我们这样分析它们与其说是为从形式上分别得清楚，还不如说是为表明幽默——大概地说——有它特具的心态。

所谓幽默的心态就是一视同仁的好笑的心态。有这种心态的人虽不必是个艺术家，他还是能在行为上言语上思想上表现出这个幽默态度。这种态度是人生里很可宝贵的，因为它表现着心怀宽大。一个会笑，而且能笑自己的人，决不会为件小事而急躁怀恨。往小了说，他决不会因为自己的孩子挨了邻儿一拳，而去打邻儿的爸爸。往大了说，他决不会因为战胜政敌而去请清兵。偏狭，自是，是"四海兄弟"这个理想的大障碍；幽默专治此病。嬉皮笑脸并非幽默；和颜悦色，心宽气朗，才是幽默。一个幽默写家对于世事，如入异国观光，事事有趣。他指出世人的愚笨可怜，也指出那可爱的小古怪地点。世上最伟大的人，最有理想的人，也许正是最愚而可笑的人，吉珂德先生即一好例。幽默的写家会同情于一个满街追帽子的大胖子，也同情——因为他明白——那攻打风磨的愚人的真诚与伟大。

"幽默"的危险

这里所说的危险，不是"幽默"足以祸国殃民的那一套。

最容易利用的幽默技巧是摆弄文字，"岂有此埋"代替了"岂有此理"，"莫名其妙"会变成了"莫名其土地堂"；还有什么故意把字用在错地方，或有趣地写个白字，或将成语颠倒过来用，或把诗句改换上一两个字，或巧弄双关语……都是想在文字里找出缝子，使人开开心，露露自家的聪明。这种手段并不怎么大逆不道，不过它显然地是专在字面上用功夫，所以往往有些油腔滑调；而油腔滑调正是一般人所谓的"幽默"，也就是正人君子所以为理当诛伐的。这个，可也不是这里所要说的。

假若"幽默"也会有等级的话，摆弄文字是初级的、浮浅的；它的确抓到了引人发笑的方法，可是功夫都放在调动文字上，并没有更深的意义，油腔滑调乃必不可免。这种方法若使得巧妙一些，便可以把很不好开口说的事说得文雅一些，"雀入大水化为蛤"一变成"雀入大蛤化为水"仿佛就在一群老翰林面前也大可以讲讲的。虽然这种办法不永远与狎亵相通，可是要把狎亵弄成雅俗共赏，这的确是个好方法。这就该说到狎亵了：我们花钱去听相声，去听小曲；我们当正经话已说完而不便都正襟危坐的时候，不知怎么便说起不大好意思的笑话来了。相声，小曲，和不大好意思的笑话，都是整批地贩卖狎亵，而大家也觉得"幽默"了一下。在幽默的文艺里，如 Aristophanes[1]，如 Rabelais[2]，如 Boccaccio[3]，都大大方方地写出后人得用 × × 印出来的事儿。据批评家看呢，有的以为这种粗莽爽利的写法适足以表示出写家的大方不拘，无论怎样也比那扭扭捏捏的暗示强，暗透消息是最不健康的。（或者《西厢记》与《红楼梦》比《金瓶梅》更能害人吧？）有的可就说，这种粗糙的东西，也该划入低级幽默，实无足取。这个，且当个悬案放在这里，它有无危险，是高是低，随它去吧；这又不是这里所要说的。

来到正文。我所要说的，是我自己体验出的一点道理：

幽默的人，据说，会郑重地去思索，而不会郑重地写出来；他老要嘻嘻哈哈。假若这是真的，幽默写家便只能写实，而不能浪漫。不能浪漫，在这高谈意识正确，与希望革命一下子就成功的时期，便颇糟心。那意识正确的战士，因为希望革命一下子成功，会把英雄真写成个英雄，从里到外都白热化，一点也不含糊，像块精金。一个幽默的人，反之，从整部人类史中，从全世界上，找不出这么块精金来；他若看见一位

---

[1] 阿里斯托芬（前 446—前 385），古希腊喜剧作家，代表作《骑士》《和平》。

[2] 拉伯雷（1493—1553），法国文艺复兴时期作家，代表作《巨人传》。

[3] 薄伽丘（1313—1375），意大利文艺复兴时期作家，代表作《十日谈》。

战士为督战而踢了同志两脚，似乎便有点可笑；一笑可就泄了气。幽默真是要不得的！

浪漫的人会悲观，也会乐观；幽默的人只会悲观，因为他最后的领悟是人生的矛盾——想用七尺之躯，战胜一切，结果却只躺在不很体面的木匣里，像颗大谷粒似的埋在地下。他真爱人爱物，可是人生这笔大账，他算得也特别清楚。笑吧，明天你死。于是，他有点像小孩似的，明知顽皮就得挨打，可是还不能不顽皮。因此，他有时候可爱，有时候讨人嫌；在革命期间，他总是讨人嫌的，以至被正人君子与战士视如眼中钉，非砍了头不解气。多么危险。

顽皮，他可是不会扯谎。他怎么笑别人也怎么笑自己。Rabelais，当惹起教会的厌恶而想架火烧死他的时候，说：不用再添火了，我已经够热的了。他爱生命，不肯以身殉道，也就这么不折不扣地说出来。周作人（知堂）先生的博学，谁不知道呢，可是在《秉烛谈序言》中，他说："今日翻看唱经堂《杜诗解》——说也惭愧，我不曾读过《全唐诗》，唐人专集在书架上是有数十部，却都没有好好地看过，所有一点知识只出于选本，而且又不是什么好本子，实在无非是《唐诗三百首》之类，唱经之不登大雅之堂，更不用说了，但这正是事实……"在周先生的文章里，像这样的坦白陈述，还有许许多多。一个有幽默之感的人总扭不过去"这是事实"，他不会鼓着腮充胖子。大概是那位鬼气森森的爱兰·坡❶吧，专爱引证些拉丁或法文的句子，其实他并没读过原书，而是看到别人引证，他便偷偷地拉过来，充充胖子。这

❶ 现通译为爱伦·坡。

并不是说，浪漫者都不诚实，不过他把自己的一滴眼泪都视如珍宝，那么，假充胖子也许是不可免的，他唯恐泄了气。幽默的人呢，不，不这样，他不怕泄气，只求心中好过。这么一来，他可就被人视为小丑，永远欠着点严重，不懂得什么叫作激起革命情绪。危险。

他悲观，他顽皮，他诚实；哼，他还容让人呢，这就更糟。按说，一个文人应当老眼看六路，耳听八方，有个风声草动，立刻拔出笔来，才像那么一回子事。战斗的时候，还应当撒手就是一毒气弹，不容来将通名，就给打闷了气。人家只说了他写错一个字，他马上发现那个人的祖宗写过一万个错字，骂了祖宗，子孙只好去重修家谱，还不出话来。幽默的人呀，糟心，即使他没写错那个字，也不去辩驳；"谁没有个错儿呢？"他说。这一说可就泄了大家的劲，而文坛冷冷清清矣。他不但这样容让人，就是在作品之中也是不肯赶尽杀绝。他看清了革命是怎回事，但对于某战士的鼻孔朝天，总免不了发笑。他也看资本家该打倒，可是资本家的胡子若是好看，到底还是好看。这么一来，他便动了布尔乔亚的妇人之仁，而笔下未免留些情分。于是，他自己也就该被打倒，多么危险呢。

这就是我所看出来的一点点意思，对与不对都没关系。

我的"话"

　　二十岁以前，我说纯粹的北平话。二十岁以后，糊口四方，虽然并不很热心去学各地的方言，可是自己的言语渐渐有了变动：一来是久离北平，忘记了许多北平人特有的语调词汇；二来是听到别处的语言，感觉到北平话，特别是在腔调上，有些太飘浮的地方，就故意地去避免。于是，一来二去，我的话就变成一种稍稍忘记过、矫正过的北平话了。大体上说，我说的是北平话，而且相当地喜爱它。

　　三十岁左右的五年中，住在英国。因为岁数稍大，和没有学习语文的天才，所以并没能把英语习好。有一个期间，还学习了一点拉丁和法文，也因脑子太笨而没有任何成绩。不过，我总算与外国语言接触过了。在上一段中，我说明了怎样因与国内的方言接触，而稍稍改变了自己的北平话；在这里，就是与外国语接触之后，我便拿北平话——因为我只会讲北平话——去代表中国话，而与外国话比较了。

　　最初，因英语中词汇的丰富、文法的复杂，我感到华语的枯窘简陋。在偶尔练习一点翻译的时候，特别使我痛苦：找不着适当的字啊！把完好的句子都拆毁了啊！我鄙视我的北平话了！

　　后来，稍稍学了一点拉丁及法文，我就更爱英文，也就翻回头来更爱华语了，因为以英文和拉丁或法文比较，才知道英文的简单正是语言的进步，而不是退化；那么以华语和英语比较，华语的惊人的简单，也正是它的极大的进步。

及至我读了些英文文艺名著之后，我更明白了文艺风格的劲美，正是仗着简单自然的文字来支持，而不必要花枝招展、华丽辉煌。英文《圣经》，与狄福、司威夫特等名家的作品，都是用了最简劲自然的，也是最好的文字。

这时候，正是我开始学习写小说的时候；所以，我一下手便拿出我自幼儿用惯了的北平话。在第一二本小说中，我还有时候舍不得那文雅的华贵的词汇；在文法上，有时候也不由得写出一二略为欧化的句子来。及至我读了《艾丽司漫游奇境记》❶等作品之后，我才明白了用儿童的语言，只要运用得好，也可以成为文艺佳作。我还听说，有人曾用"基本英文"改写文艺杰作，虽然用字极少，也还能保持住不少的文艺性；这使我有了更大的胆量，去脱了华艳的衣衫，而露出文字的裸体美来。在当代的名著中，英国写家们时常利用方言；按照正规的英文法程来判断这些方言，它们的文法是不对的，可是这些语言放在文艺作品中，自有它们的不可忽视的力量，绝对不是任何其他语言可以代替的。是的，它们的确与正规文法不合，可是它们原本有自己的文法啊！你要用它，就得承认它的独立与自由，因为它自有它自己的生命。假若你只采取它一两个现成的字，而不肯用它的文法，你

---

❶ 艾丽司，现通译为爱丽丝；《艾丽司漫游奇境记》现通译为《爱丽丝梦游仙境》。

就只能得到它的一点小零碎来作装饰，而得不到它的全部生命的力量。因此，我自己的笔也逐渐地、日甚一日地，去沾那活的、自然的、北平话的血汁，不想借用别人的文法来装饰自己了。我不知道这合理与否，我只觉得这个做法给我不少的欣喜，使我领略到一点创作的乐趣。看，这是我自己的想象，也是我自己的语言哪！

避免欧化的句子是不容易的。我们自己的文法是那么简单，简直没有法子把一句含意复杂的话说得圆满呀！可是，我还是设法去避免，我会把一长句拆开来说，还叫它好听、明白、生动。把含义复杂的一个长句拆开来说，恐怕就不能完全传达那个长句所要表现的意思了，句子的形式既变，意思恐怕也就或多或少总有些变动；即使能够不多不少地恰如原意，那句子形式的变动也会使情调语气随着改变。于此，欧化的语句有时候是必不能舍弃的，特别是在说理的文章里。不过，我自己不大写说理的文章，我所写的大多数是诗歌小说之类的东西。这类的东西需要写得美好、简劲、有感动力。那么，语言之美是独特的无法借用，有不得不在自己的语言中探索其美点者。谈到简劲，中国言语恰恰天然地不会把句子拉长；强使之长，一句中有若干"底""地"与"的"，或许能于一句中表达迂回复杂的意念，有如上述；但在文艺作品中这必然地会使气势衰沉，而且只能看而不能读，给诗歌与戏剧中的对话一个致命伤。在一个哲学家口中，他也许只求他的话能使人做深思，而不管它是多么别扭、生硬、冗长，文艺家便不敢这么冒险，因为他虽然也愿使人深思细想，可是他必定是用从心眼中发出来的最有力、最扼要、最动人的言语，使人咂摸着人情世态，含泪或微笑着去做深思。他要先感动人。这从心眼中掏出来的言语，必是极简单、极自然、

186

极通俗的。媳妇哭婆婆，或许用点儿修辞；当她哭自己的儿女的时候，她只叫一两声"我的肉"，而昏倒了！文字的感动力是来自在某个场合中必然地说某种话——这个话是最普遍常用的，绝难借用外国文法的。一个哲学家，与一个工友，在他痛苦的时节，是同样地只会叫"妈"的。

我明白了上述的一点道理——对不对，我可不敢说——我就决定放弃了翻译工作。这工作是极要紧的，但是它使我太痛苦——顾了自己，便损害了别人；顾及别人，便失落了自己。言语的不同没法使彼此尽欢而散。同时，我写作小说也就要求与口语相合，把修辞看成怎样能从最通俗的浅近的词汇去描写，而不是找些漂亮文雅的字来漆饰。用字如此，句子也力求自然，在自然中求其悦耳生动。我愿在纸上写的和从口中说的差不多。到了这个地步，有时候我颇后悔我曾经矫正过自己的北平话了：有许多好的词汇、好的句法，因为怕别人不懂而不用，乃至渐渐地忘记了。是的，中国话确是太简单了，词与字真是太不够用了；把文言与白话掺和起来用，或者还能勉强应付；可是我立志要写白话，不借助于文言，岂不是自找苦吃？况且，我又忘了许多北平话呢！

我要恢复我的北平话。它怎样说，我便怎样写。怕别人不懂吗？加注解呀。无论怎说，地方语言运用得好，总比勉强地用四不像的、毫无精力的普通官话强得多。至于借用外国文法，我不反对别人去试验，我自己可是还无暇及此，因为我还没能把自己的语言运用得很好哇！先把握住自己的话，而后再添加外来的材料，也许更牢靠一些。

近来有件伤心的事：我练习着写诗，把自己憋得半死！我知道，诗是语言的结晶。我写的是白话诗，自然须是白话的结晶。可是，这结晶不成；知道的白话是那么少啊！而且所知道的那些，又运用得那么拙笨啊！我还是不敢多向外国语求救，可是文言不住地对我招手。我本想置之不理，给它个冷肩膀吃。但是，没了米，也只好吃面粉了，还能饿着吗？唉，对白话我有点不忠之罪！是白话不够用吗？是白话不配上诗的园里去吗？都不是！是自己无才，而且有点偷懒啊！我以为，从诗的言语上说，假若"刁骚""歧路""原野""涟漪"等无聊的词汇不被铲除了去，白话诗或者老是一片草地，而排列着许多坟头儿，永远成不了美丽的林园。

不过，近来也有桩可喜的事：我在练习写话剧。话剧太难写了，我当然不会一蹴而成功。但是，且不管剧中旁的一切，单就对话来说，实在使我快活。我没有统计过，在一出三幕或四幕剧中，用过多少个字。我可是直觉地感到，我用字很少，因为在写剧的时节，我可以充分地去想象：某个人在某时某地须说什么话，而这些话必定要立竿见影地发生某种效果；用不着转文，也用不着多加修饰，言语是心之声，发出心声，则一呼一嗽都能感人。在这里，我留神语言的自然流露，远过于文法的完整；留神音调的美妙，远过于修辞的选择。剧中人口里的一个"哪"或"吗"，安排得当，比完整而无力的一大句话，要收更多的效果。在这里，才真的不是作文，而是讲话。话语的本来的文法，在此万不能移动；话语的音节腔调之美，在此须充分地发扬。剧中人所讲的是生命与生活中的话语，不是在背诵文章。

我没有学习语言的天才，故对语言的比较也就没有任何研究。我也没研究过文法，而只知道自己口中所说的话自有文法，很难改创。对语文既无所知，可是还要谈论到它们，不过是本着自己学习写作的经验说说实话而已，说不定就是一片胡言啊！

"住"的梦

在北平与青岛住家的时候，我永远没想到过：将来我要住在什么地方去。在乐园里的人或者不会梦想另辟乐园吧。

在抗战中，在重庆与它的郊区住了六年。这六年的酷暑重雾，和房屋的不像房屋，使我会做梦了。我梦想着抗战胜利后我应去住的地方。

不管我的梦想能否成为事实，说出来总是好玩的：

春天，我将要住在杭州。二十年前，我到过杭州，只住了两天。那是旧历的二月初，在西湖上我看见了嫩柳与菜花，碧浪与翠竹。山上的光景如何？没有看到。三四月的莺花山水如何，也无从晓得。但是，由我看到的那点春光，已经可以断定杭州的春天必定会叫人整天生活在诗与图画中的。所以，春天我的家应当是在杭州。

夏天，我想青城山应当算作最理想的地方。在那里，我虽然只住过十天，可是它的幽静已拴住了我的心灵。在我所看见过的山水中，只有这里没有使我失望。它并没有什么奇峰或巨瀑，也没有多少古寺与胜迹，可是，它的那一片绿色已足使我感到这是仙人所应住的地方了。到处都是绿，而且都是像嫩柳那么淡、竹叶那么亮、蕉叶那么润，目之所及，那片淡而光润的绿色都在轻轻地颤动，仿佛要流入空中与心中去似的。这个绿色会像音乐似的，涤清了心中的万虑，山中有水、有茶，还有酒。早晚，即使在暑天，也须穿起毛衣。我想，在这里住一夏天，必能写出一部十万到二十万的小说。

假若青城去不成，求其次者才提到青岛。我在青岛住过三年，很喜爱它。不过，春夏之交，它有雾，虽然不很热，可是相当地湿闷。再说，一到夏天，游人来得很多，失去了海滨上的清静。美而不静便至少失去一半的美。最使我看不惯的是那些喝醉的外国水兵与差不多是裸体的，而没有曲线美的妓女。秋天，游人都走开，这地方反倒更可爱些。

不过，秋天一定要住北平。天堂是什么样子，我不晓得，但是从我的生活经验去判断，北平之秋便是天堂。论天气，不冷不热。论吃食，苹果、梨、柿、枣、葡萄，都每样有若干种。至于北平特产的小白梨与大白海棠，恐怕就是乐园中的禁果吧，连亚当与夏娃见了，也必滴下口水来！果子而外，羊肉正肥，高粱红的螃蟹刚好下市，而良乡的栗子也香闻十里。论花草，菊花种类之多，花式之奇，可以甲天下。西山有红叶可见，北海可以划船——虽然荷花已残，荷叶可还有一片清香。衣食住行，在北平的秋天，是没有一项不使人满意的。即使没有余钱买菊吃蟹，一两毛钱还可以爆二两羊肉，弄一小壶佛手露啊！

冬天，我还没有打好主意，香港很暖和，适于我这贫血怕冷的人去住，但是"洋味"太重，我不高兴去。广州，我没有到过，无从判断。成都或者相当的合适，虽然并不怎样和暖，可是为了水仙、素心腊梅、各色的茶花，与红梅绿梅，仿佛就受一点寒冷，也颇值得去了。昆明的花也多，而且天气比成都好，可是旧书铺与精美而便宜的小吃食远不及成都的那么多，专看花而没有书读似乎也差点事。好吧，就暂时这么规定：冬天不住成都便住昆明吧。

在抗战中，我没能发了国难财。我想，抗战结束以后，我必能阔起来，唯一的原因是我是在这里说梦。既然阔起来，我就能在杭州、青城山、北平、成都，都盖起一所中式的小三合房，自己住三间，其余的留给友人们住。房后都有起码是二亩大的一个花园，种满了花草；住客有随便折花的，便毫不客气地赶出去。青岛与昆明也各建小房一所，作为候补住宅。各处的小宅，不管是什么材料盖成的，一律叫作"不会草堂"——在抗战中，开会开够了，所以永远"不会"。

那时候，飞机一定很方便，我想四季搬家也许不至于受多大苦处的。假若那时候飞机减价，一二百元就能买一架的话，我就自备一架，择黄道吉日慢慢地飞行。

怎样读小说

　　写一本小说不容易，读一本小说也不容易。平常人读小说，往往以为既是"小"说，必无关宏旨，所以就随便一看，看完了顺手一扔，有无心得，全不过问。这个态度，据我看，是不大对的。光阴是宝贵的，我们既破工夫去念一本书，而又不问有无心得，岂不是浪费了光阴吗？我们要这样去读小说，何不去玩玩球、练练武术，倒还有益于身体呀？再说，小说之所以能够存在，并不见完全因为它"小"而易读，可供消遣。反之，它之所以能够存在，正因为它有它特具的作用，不是别的书籍所能替代的。化学不能代替心理学，物理学不能代替历史；同样的，别的任何书籍也都不能代替小说。小说是讲人生经验的。我们读了小说，才会明白人间，才会知道处身涉世的道理。这一点好处不是别的书籍所能供给我们的。哲学能叫咱们"明白"，但是它不如小说说得那么有趣、那么亲切、那么感动人，因为哲学太板着面孔说话，而小说则生龙活虎地去描写，使人感到兴趣，因而也就不知不觉地发生了潜移默化的作用。历史也写人间，似乎与小说相同。可是，一般地说，历史往往缺乏着文艺性，使人念了头疼；即使含有文艺性，也不能像小说那样圆满生动、活龙活现。历史可以近乎小说，但代替不了小说。世间恐怕只有小说能源源本本、头头是道地描画人世生活，并且能暗示出人生意义。就是戏剧也没有这么大的本事，因为戏剧须摆在舞台上去，而舞台的限制就往往叫剧本不能像小说那样自由描画。于此，我们知道了，小说是在书籍里另成一格，也就与别种书籍同样的有它独立的、无可代替的价值与使命。它不是仅供我们念着"玩"的。

读小说，第一能叫我们得到益处的，便是小说的文字。世界上虽然也有文字不甚好的伟大小说，但是一般地来说，好的小说大多数是有好文字的。所以，我们读小说时，不应只注意它的内容，也须学习它的文字：看它怎么以最少的文字，形容出复杂的心态物态来；看它怎样用最恰当的文字，把人情物状一下子形容出来，活生生地立在我们的眼前。况且一部小说中，又是有人有景有对话，千状万态，包罗万象，更是使我们心宽眼亮，多见多闻；假若我们细心去读的话，它简直就是一部最好的最丰富的模范文。反之，假若我们读到一部文字不甚好的小说，即使它有些内容，我们也就知道这部小说是不甚完美的，因为它有个文字拙劣的缺点。在我们读过一段描写人或描写事物的文字以后，试把小说放在一边，而自己拟作一段，我们便得到很不小的好处，因为拿我们自己的拟作与原文一比，就看出来人家的是何等简洁有力或委婉多姿。而且还可以看出来，人家之所以能体贴入微者，必是由真正的经验而来，并不是先写好了"人生于世"而后敷衍成章的。假若我们也要写好文章，我们便也应该去细心观察人生与事物，观察之后，加以揣摩，而后我们才能把其中的精彩部分捉到，下笔如有神矣。

闭着眼瞎想是写不出来东西的。

文字以外，我们该注意的是小说的内容。要断定一本小说内容的好坏，颇不容易，因为世间的任何一件事都可以作为小说的材料，实在不容易分别好坏。不过，大概地说，我们可以这样来决定：关心社会的便好，不关心社会的便坏。这似乎是说，要看作者的态度如何了。同一件事，在甲作家手里便当作一个社会问题而提出之，在乙作家手里或者就当作一件好玩的事来说。前者的态度严肃，关切人生；后者的态度随便，不关切人生。那么，前者就给我们一些知识、一点教训，所以好；后者只是供我们消遣，白费了我们的光阴，所以不好。青年们读小说，往往喜爱剑侠小说。行侠作义，好打不平，本是一个黑暗社会中应有的好事。倘若作者专向着"侠"字这一方面去讲，他多少必能激动我们的正义感，使我们也要有除暴安良的抱负。反之，倘若作者专注意到"剑"字上去，说什么口吐白光，斗了三天三夜的法而不分胜负，便离题太远，而使我们渐渐走入魔道了。青年们没有多少判断能力，而且又血气方刚，喜欢热闹，故每每以惊奇与否断定小说的好歹，而不知惊奇的事未必有什么道理，我们费了许多光阴去阅读，并不见得有丝毫的好处。同样的，小说的穿插若专为故作惊奇，并不见得就是好作品，因为卖关子、耍笔调，都是低卑的技巧；而好的小说，虽然没有这些花样，也自能引人入胜。一部好的小说，必是真有的说、真值得说；它决不求助于小小的技巧来支持门面。作者要怎样说，自然有个打算，但是这个打算是想把故事如何表现得更圆满更生动更经济，绝不是多绕几个圈子把故事拉得长长的，好多赚几个钱。所以，我们读一本小说，绝不该以内容与穿插的惊奇与否而定去取，而是要以作者怎样处理内容的态度，和怎样设计去表现，去定好坏。假若我们能这样去读小说，则此一定不是只供消遣的东西，而是对我们的文学修养，与处世的道理，都大有裨益的。

文牛

干哪一行的总抱怨哪一行不好。在这个年月能在银行里，大小有个事儿，总该满意了，可是我的在银行做事的朋友们，当和我闲谈起来，没有一个不觉得怪委屈的。真的，我几乎没有见过一个满意、夸赞他的职业的。我想，世界上也许有几位满意于他们的职业的人，而这几位人必定是英雄好汉。拿破仑、牛顿、爱因司坦❶、罗斯福，大概都不抱怨他们的行业"没意思"。虽然不自居拿破仑与牛顿，我自己可是一向满意我的职业。我的职业多么自由啊！我用不着天天按时候上课或上公事房，我不必等七天才到星期日；只要我愿意，我可连着有一个星期的星期日！

我的资本很小，纸笔墨砚而已。我的生活可以按照自己的意思安排，白天睡，夜里醒着也好，昼夜都不睡也可以；一日三餐也好，八餐也好！反正我是在我自己的屋里操作，别人也不能敲门进来，禁止我把脚放

---

❶ 现通译为爱因斯坦。

在桌子上。专凭这一点自由，我就不能不满意我的职业。况且，写得好吧歹吧，大致都能卖出去，喝粥不成问题，倒也逍遥自在；虽然因此而把妒忌我的先生们鼻子气歪，我也没法子代他们去搬正！

可是，在近几个月来，也不知怎么我也失去了自信，而时时不满意我的职业了。这是吉是凶，且不去管，我只觉得"不大是味儿"！心里很不好过！

我的职业是"写"。只要能写，就万事亨通，可是，近来我写不上来了！问题严重得很，我不晓得生了娃娃而没有奶的母亲怎样痛苦，我可是晓得我比她还更痛苦。没有奶，她可以雇乳娘，或买代乳粉，我没有这些便利。写不出就是写不出，找不到代替品与代替的人。

天天能写一点，确实能觉得很自由自在，赶到了一点也写不出的时节呀，哈哈，你便变成世界上最痛苦的人！你的自由、闲在，正是对你的刑罚；你一分钟一分钟无结果地度过，也就每一分钟都如坐针毡！你不但失去工作与报酬，你简直失去了你自己！

一夏天除了阴雨，我的卧室兼客厅兼饭堂兼浴室兼书房的书房，热得老像一只大火炉。夜间一点钟以后，我才能勉强地进去睡。睡不到四个小时，我就必须起来，好乘早凉儿工作一会儿；一过午，屋内即又成烤炉。一夏天，我没有睡足。睡不足，写的也就不多，一拿笔就觉得困啊。我很着急，但是想不出办法，缙云山上必定凉快，谁去得起呢！

入秋，我本想要"好好"地工作一番，可是天又霉，纸烟的价钱好像疯了似的往上涨。只好戒烟。我曾经声明过："先上吊，后戒烟！"以示至死不戒烟的决心。现在，自己打了嘴巴。最坏的烟卖到一百元一包（二十支：我一天须吸三十支），我没法不先戒烟，以延缓上吊之期了；人都惜命呀！没有烟，我只会流汗，一个字也写不出！戒烟就是自己跟自己摔跤。整天地摔跤还怎能写字呢？半个月，没写出一个字！

烟瘾稍杀，又打摆子，本来贫血，摆子使血更贫。于是，头又昏起来。不留神，猛一抬头，或猛一低头，眼前就黑那么一下，老使人有"又要停电"之感！每天早上，总盼着头不大昏，幸而真的比较清爽，我就赶快地高高兴兴去研墨，期望今天一下子能写出两三千字来。墨研好了，笔也拿在手中，也不知怎么的，头中轰的一下，生命成了空白，什么也没有了，除了一点轻微的嗡嗡的响声。这一阵好容易过去了，脑中开始抽着疼，心中烦躁得要狂喊几声！只好把笔放下——文人缴械！一天如此，两天如此，忍心地、耐性地敷衍自己："明天会好些的！"第三天还是如此，我开始觉得："我完了！"放下笔，我不会干别的！是的，我晓得我应当休息，并且应当吃点补血的东西——豆腐、猪肝、猪脑、菠菜、红萝卜等。但是，这年月谁休息得起呢？紧写慢写还写不出香烟钱怎敢休息呢？至于补品，猪肝岂是好惹的东西，而豆腐又一见双眉紧皱，就是菠菜也不便宜啊！如此说来，理应赶快服点药，使身体从速好起来。可是西药贵如金，而中药又无特效，怎办呢？到了这般地步，我不能不后悔当初为什么单单选择这一门职业了！唱须生的倒了嗓子，唱花旦的损了面容，大概都会明白我的苦痛：这苦痛是来自希望与失望的相触，天天希望，天天失望，而生命就那么一天天地白白地摆过去，摆向绝望与毁灭！

最痛苦是接到朋友征稿的函信的时节。

朋友不仅拿你当作个友人，而且是认为你是会写点什么的人。可是，你须向友人们道歉；你还是你，你也已经不是你——你已不能够作了！

吃的是草，挤出的是牛奶；可是，文人的身体并不和牛一样壮，怎办呢？

青年朋友们，假使你没有变成一头牛的把握，请不要干我这一行事吧；当你写不出字来的时候，你比谁的苦痛都更大！我是永不怨天尤人的人，今天我只后悔自己选错了职业——完全是我自己的事，与别人毫不相干。我后悔做了写家的正如我后悔"没"做生意，或税吏一样；假若我起初就做着囤积居奇，与暗中拿钱的事，我现在岂不正兴高采烈地自庆前程远大吗？啊，青年朋友们，假使你健壮如牛，也还要细想一想再决定吧，即在此处，牛恐怕是永远没有希望的动物，管你，和我一样的，不怨天尤人。

又是一年芳草绿